献给

亲爱的妈妈爸爸

那年那信

敬一丹 著

浙江人民出版社

图书在版编目（CIP）数据

那年那信 / 敬一丹著 . — 杭州 : 浙江人民出版社，
2018.7

ISBN 978-7-213-08755-4

Ⅰ . ①那… Ⅱ . ①敬… Ⅲ . ①书信集—中国—当代
Ⅳ . ① I267.5

中国版本图书馆 CIP 数据核字（2018）第 084641 号

那年那信

敬一丹　著

出版发行　浙江人民出版社（杭州市体育场路 347 号 邮编 310006）

责任编辑　徐　婷　钱　丛

责任校对　张谷年

封面设计　弘果文化传媒

电脑制版　顾小固

印　　刷　北京盛通印刷股份有限公司

开　　本　880 毫米 ×1230 毫米　1/32

印　　张　9.5

字　　数　180 千字

版　　次　2018 年 7 月第 1 版

印　　次　2018 年 7 月第 1 次印刷

书　　号　ISBN 978-7-213-08755-4

定　　价　48.00 元

序

一丹前几年就说："妈，爸，咱家的信，挺有价值的。"

我们家的人爱写信，也爱留信，我们俩相识相恋的信、孩子第一次拿笔写给爸妈的信、夫妻两地书、家分四处的信、俩女儿的知青家书、大儿子上学的信、小儿子当兵的信，我们给四个子女小家的信、给孙辈的信……经历了好多事，搬了多次家，留了几十年，有1700多封信。

我们为什么那么珍惜这些家信？因为，白纸黑字，真真切切，有情有爱。所有的信都是情的记述、爱的记载。现在手写的信越来越少了，这就更珍贵了。

我们离休以后整理了家信，泛黄的信纸铺开，一下子想到很多往事，一边笑，一边流泪。我们重读着信，并写下当年背景和今日感慨，大儿子张罗编成两本家庭读物《我爱我家》。儿女晚辈都感受到这些信的分量，说："爸妈给我们留下的，是生命的痕迹，是时光的记录，是全家人的集体记忆，是最珍贵的传家之宝。"

我们想，自己的家信，自己珍惜，对别人也许没什么。而女儿觉得，这些信可以看到一个家，又不仅仅是一个家，就像拼图，一个个家庭拼出了世间图景。不同的年代，世间图景在变化，这些信也有着民间的历史记录价值。

就这样，一丹从这些信里，选出一些片断与读者分享。

她用"信中信"的方式来讲故事，新信分别写给我家三代、四代9个人，引出老信和故事。讲故事的、听故事的，都是我们的至亲。四世同堂的大家庭，总有些东西要传下来。

如今，我们俩，一个92岁，一个88岁。那天，我们一起在三亚海滩上唱："天涯海角觅知音……咱们俩是一条心。"我们因共同的信仰和志趣走到了一起，用心血经营这个家已经68年了。前30年，我们为儿女做榜样；后30年，子女为父母争光。我们一起走过青春，一起慢慢变老，是幸福的。

现在，不怎么写信了，我们和孩子们一样用微信。时代在变迁，我们心不老，享受着新的沟通方式带来的快乐。家人更亲密了，更有凝聚力了。不管用什么形式，有家，就有爱。《我爱我家》的故事，交给孩子们去续写了。

我们想象，面对这些信，年长的读者会觉得熟悉，儿女的同龄人会有共鸣。年轻人呢？如果他们能从中看到一代一代的来路，我们就很欣慰了。

2018年 春

Contents · 目 录

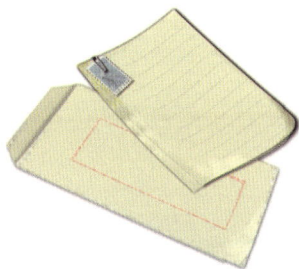

爸，妈，
你们怎么认识的

晴晴（女儿）：

记得 2009 年冬，我在越南，你来电话告诉我："妈妈，N 向我求婚了！"我心生欢喜，问："你俩怎么表达的？"接着，你说的细节在我心中绘出了美丽画面：

在苏格兰的雪野上，走来一对年轻人。小伙子跑在前面，在一片雪地上，他低头踩着雪，走来走去。当他抬起头时，姑娘看到雪地上是脚印踩出的字：Will you marry me？

姑娘也用脚印在雪地上回答：Yes！

真好！女儿得到这样美好的爱的表白，妈妈幸福着你的幸福。

呵呵，你想知道，你爸怎么向我表白的吗？他说："我妈问咱俩啥时结婚？"那是 1981 年。

你想知道，你姥爷和姥姥是怎样表白的吗？那是 20 世纪 50 年代初。

我问我爸："你是怎么认识我妈的？"我爸说："那天，在齐齐哈尔，从公安干校来了一辆大马车到公安厅。我看到马车上跳下来一个大眼睛的姑娘，很短的头发，像个假小子。这个人，就是我这辈子永远爱的人，那就是你妈妈。"

我又问我妈："你是怎么认识我爸的？"我妈说："公安厅开大会前，大家都在唠嗑，我看到你爸在专心致志地读书。在高级理论学习小组里，我听到你爸谈问题，有思考，有见解。就这样认识了他，对他有了好感，最终选择了他。"

他们相遇在1950年，我妈妈韩殿云，20岁，爸爸敬毓嵩，24岁。他们穿着公安部队的军装，胸章标识：中国人民解放军。臂章盾牌标识：公安。

爸爸妈妈一直保留着他们的信。

1950年12月23日，敬写给韩的恋爱第一封信：

那一天，

早就盼望这样的好时光，可是今夜的心里却跳得慌，

满怀心事不知从哪里说起，只好默默地走过去又走回来。

可恨那时光这样快，三星早已经偏过西边，

可恨那道路这样短，眼看来到了你的门前。

走来走去，走了三四遍，手拉手儿还是不愿分开，

用不着说话也懂得了心事，两颗心早已经融合在一起。

无论那寒风吹得多么紧，它永远也吹不开我们热烈的友情。

1951年2月8日，韩写给敬的信：

敬：

我们都不是追求温情的人，生活问题不是我们生活中的主要问题，更不是我们生活的目的。我们是在理想上、志愿上、喜好上取得了一致，所以在友谊的开始也就下了最大的决心。在友谊发展中，我们互相信赖着，彼此学习、督促，互为事业助手（特别是你对我的帮助）。这对我们双方来说，都是无上的安慰和幸福。只有这样，友谊才会变成一种力量，使我们更坚强，生活得更有意义。今天，虽把关系确定下来了，但我们做得还很不够，仍需做更大的努力，不仅在工作上、学习上、思想上，就是在生活习惯上也要更加紧张、有规律。让我们的友谊做我们的监督者和矫正师吧！因为我们是担负着伟大共产主义使命的青年人。

你的同志韩

1951年2月8日

云：

　　路，不是白走的，我们在寒冷的深夜，踏着冰滑的雪地所走过的道路，终于把我们引向光明和幸福。我非常愉快地回忆着我们这一段友谊的发展。

　　你说得对，我们都不是追求温情（应该说是小资产阶级的温情）的人。我们的友谊是建筑在共同理想、事业和互相帮助的基础之上，它是健康的、前进的，因而它是稳定而牢固的，我们的友谊一定要随着时间的增长而增长，而愈加巩固。过去，我们友谊之所以这样迅速地发展起来，我觉得除了我们在理想上一致以外，还由于双方都抱着坦率、真诚和虚心的态度，这是很重要的。我想，今后我们的道路还长，我们一定会更加了解，那么，也就要求我们彼此更加坦率、真诚和虚心。我认为，这将是我们友谊发展下去的关键，你意如何？

　　愿你愉快，让我们紧紧地握着手，迈开步伐走向那共同理想的道路。

嵩

1951 年 2 月 10 日

殷云同志：

　　我已写好了草稿（恋爱申请书），你看看，请签名盖章后，交支部为盼。

　　此致

握手

敬毓嵩

1951 年 5 月 5 日

亲爱的嵩：

　　为了适应当前的形势需要，克服我们较为严重的缺点，以战斗的姿态完成党和人民给予我们的使命，我们更应严格地督促和帮助，使我们进步更快，使我们的爱情更加巩固，并丰富其内容。现在，我提出个人计划向你挑战，愿你考虑、补充、应战。

　　一、克服严重的散漫作风，从生活上、学习上、工作上抓紧时间，并科学地分配时间，绝对紧张起来，保证完成党委规定的理论学习计划，并自修中国革命基本问题，三个月学完。每周看 50～100 页文艺书，报纸一定要看，整理好政治经济学笔记，整理好业务学习笔记，坚持记日记，让日记起到检查、督促、矫正自己的作用。

二、工作一定要抓紧、深入，要平易近人，和学员打成一片。处理问题要勇，也要稳，一天工作一天毕，绝不拖到来日。

三、克服急躁个性，绝不发脾气，遇事沉着冷静，加强锻炼自己的政治修养。

四、加强锻炼身体。

五、以上条件，不仅我自己这样做，还要影响和帮助干校所有其他人也紧张起来。

六、以上条件当成我们会面时的汇报内容之一——主要内容之一，以便彼此检查。玩的时间不得超过 3 个小时，这一点要记住。

题外之言：结婚问题，我们存在的问题、缺点解决了，条件成熟之后即可解决，现在咱们先不去想它。

送给你一张三年前的照片。

云

1951 年 5 月 5 日

云：

我热烈地向你应战，并期待你的监督和批评。

1. 正式的（规定必须学的）学习，按支部规定认真学好。现在是复习，一定要做到真正掌握住整个政治经济学的精髓，并要恰当地联系实际。

2. 自修，以四个月时间，学习实践论，目的是端正自己的思想方法，并以此检查和改进工作。

3. 多看报纸、杂志，提高政治认识，对新鲜事物敏感。

4. 看些文艺小说，并认真地阅读报纸连载的"语法修辞讲话"，以提高写作能力。

5. 记好笔记，彻底克服粗枝大叶的毛病。

上述的条件，希你随时检查，并于9月末做出初步总结。

敬毓嵩

1951年6月1日

晴晴，你们 80 后可能会说："这是情书吗？"

对，这就是 20 世纪 50 年代一对恋人的情书。这就是那个年代特有气氛中的爱情表白。看那信的最后一句："9 月末做出初步总结"，看来，当时的男青年心里已经有了时间表——1951 年 9 月 30 日，他们结婚了。

看了这样有年代感又有青春气息的情书，再看历经沧桑的姥姥和姥爷，你有了新的目光吧？再看遥远的 20 世纪 50 年代，是不是也觉得近了一些？

从 1950 年相遇，他们相伴 68 年。一路走来，他们留下脚印，深深浅浅，留在漫长的时光里。

妈妈

2018 年 1 月

孕育我的时候，
爸爸妈妈在想什么

晴晴：

　　我一直在想，胎儿在孕育时，父母的感受会给他带来什么影响呢？我意外怀你的时候，正在北京广播学院读研三，在忙着写硕士论文。我曾经犹豫，要不要留下你？幸好，想来想去，还是想清楚了什么更重要。于是，留下了你。你和我共同度过了研究生的最后几个月，我一边孕育你，身体高度变化，一边孕育论文，脑力高度劳动，这感觉也很独特。你在我腹中七个月时，我迎来了硕士论文答辩。你在胎中旁听到了我的答辩过程吧？1986 年 8 月你出生时，我刚刚毕业留校。这个过程算不算是一种胎教呢？

　　想到我自己，我在被孕育的时候，父母是什么状态？他们在做什么？想什么？从爸爸妈妈当年的信中，我寻找着答案。

1954 年 9 月 15 日，我妈妈在写给爸爸的信中说：

> 最近身体不算好，吃不下饭，又总恶心，大概是那么个事儿。我高兴也苦恼，调到新的工作岗位，一定会有些影响的，盼你来信。

当时，妈妈在齐齐哈尔市工作，爸爸在哈尔滨市工作，爸爸妈妈已经有了第一个孩子，就是我姐姐燕。妈妈说的"那么个事儿"，暗指怀孕。我不知道妈妈那时为什么那么说，也许那时的革命女青年都羞于说怀孕，也许是夫妻俩都懂的暗号？

9 月 19 日，爸爸在给妈妈的回信中说：

> 你说这几天身体不太好，觉得有些恶心，我想，肯定是有了小东西。这是我们爱情新的结晶，我和你都一样，高兴地等待着这个小生命的出世。

> 你记得不？我俩看过的《卓娅和舒拉的故事》里，卓娅的妈妈在怀着卓娅和舒拉的时候，是多么愉快。因为她爱卓娅的爸爸，所以她就格外地爱这两个尚未出世的小宝宝。正因为这样，也就在胎里，培养了这两个英雄坚强而又温厚的性格。这该是我们学习的榜样。

> 你身体不甚健康，情绪好些，身体也会好些。你在小燕月子里坐的病，也很可能在这个新的月子里获得痊愈，这都

是值得我们高兴的啊。

"那么个事儿""小东西",说的就是我。就这样,我来了,我进入了父母的生活。年轻的爸爸妈妈在迎接第二个孩子的时候,也在憧憬未来的生活。妈妈即将调到哈尔滨,爸爸因此有很多畅想:

我在想,你来之后,我们每天的生活:除了白天,各干各的工作之外,我想每天早晨,可以早点儿起来,看一个钟头的书;晚上,饭后到附近小公园或街道上去溜达溜达。一方面运动身体,另一方面精神的疲劳也会得到休息和恢复。

我还想,我们俩在一起将能互相鼓励,精神上将总能有相伴的。这样,你的神经衰弱就会逐渐好转,身体也会越来越结实,这些都是多么美好啊。

我又想,这回,我们生活作风也要改进,我们一定把屋子收拾得整齐一些、干净一些,不再那么拖拉。

我又想,哈尔滨的名胜比齐齐哈尔多得多,到了星期天,咱们定出个计划,逐个去参观、欣赏一番。可惜现在已到秋天,不然,星期天可以到太阳岛玩一个整天。不过这也没关系,夏天很快又会到来。

我又想,今后我们要互相尊重、互相敬爱,要经常交换意见,我们的生活将不是枯燥、平庸的。我们将手拉手地一同向前迈进，我们是最模范的革命伴侣，最亲密的同志和朋友。

我想的可多啦，纸上是说不完的，总而言之，都是快乐的事，等你来时告诉你，咱俩一起笑吧。

妈妈对现实生活想得更多，她在9月20日给爸爸的回信中说：

这次，要去哈尔滨，我也想了许多。今后确实有条件了，长久地住在一起，这还是婚后第一次。

我也曾想，是不是分居好些？因为不常见面，显得还能亲热些，如果经常住在一起，会不会在感情上平淡下来？会不会吵嘴、生闷气？

后来又想，问题不在于分居不分居，住在一起能够互相进一步了解，尤其是，你能对我有更多的帮助、督促。每天紧张地工作、有计划地学习，能愉快地休息，情绪一定很饱满，感情也会一天天地丰富起来，使我们的生活永远像新婚。

最近我又想，当一个好妈妈，也是做一个好妻子的条件，因为爱爸爸就一定能够爱孩子。今后，不为怀孩子发愁，这次你的来信给我的安慰、鼓励太大了。给孩子当个好榜样，培养出身心健康的孩子，也是搞好夫妻关系不可缺少的条件。

今天接到你的来信，使我很高兴，可是，哭了。到底为什么哭？我也说不清，是想你，是感动，我也不知道。

哦，当年 24 岁的妈妈，28 岁的爸爸，是这样迎接我的！我的生命孕育之时，爸爸妈妈是这样的面貌！他们纯洁如蓝天，年轻如白杨，活力如向日葵，多美啊！从爸爸妈妈的信中，我可以看出他们的生活多么有诗意，生命力多么旺盛！

1955 年春，我出生了。到了 1961 年，妈妈生了第四个孩子。两男两女，儿女双全，每个孩子相差三岁，就像事先规划好的一样，整整齐齐。爸爸妈妈实现了他们结合时的心愿：生四个孩子，两男两女，"完成对人类的贡献"。

　　有了四个儿女，妈妈才 31 岁。爸爸当年的憧憬变成了现实。每到星期天，年轻的妈妈、年轻的爸爸、四个儿女，在松花江边，在太阳岛上，尽情地享受着阳光，享受着家的温暖，享受着兄弟姐妹手足之情，享受着父母与儿女之间的爱。

晴晴，你看，一对年轻的夫妻，在怀着孩子的时候，他们想的、谈的、关注的，会遗传给孩子吧？这真的是一种胎教吧？当我成年以后，看到我爸爸妈妈当年的信，感受到我的生命在孕育过程中，就受到爸爸妈妈这样的期待和滋养，我似乎更理解自己的 DNA 了。

妈妈

2018 年 1 月

甘苦滋味

静静（侄女）：

　　面对这些信，你可能会觉得好久远啊！一个 80 后，看几十年前的信，能看到什么？看，信里有一个小主人公——从小就知道肝炎的"小家庭医生"、跟着二姐偷吃茄子的"弟弟"，他就是你爸爸。当然，你更可以看到，你的爷爷奶奶有着怎样的甘苦人生。姑姑来给你讲故事吧。

1960 年以后，爸爸妈妈之间的通信，除了甜蜜，又多了一些苦。

饥荒、疾病、灾难，像阴云一样笼罩着乡村和城市的人们。

妈妈病了，她得了肝炎，周围越来越多的人得了肝炎。那段时间，妈妈在合江地区公安局工作，爸爸几年前就调到了哈尔滨，在省委政法部工作。夫妻两地分居，孩子们都跟着妈妈。

她在 1960 年 9 月给爸爸的信中说：

今天到医院，拿来了"肝德生"，我们公安局又有几个得了肝炎，共计八九个人了。你说，这不成了大问题了吗？

1960 年 11 月 16 日，妈妈写信给爸爸：

咱们家有位小家庭医生，就是儿子。他最近几天，每天都给大家摸肝炎，摸着肚子的样子很像。摸完，都说没有，没有。给我摸，说，有。给倒水吃药，用火柴杆给我打针。

1960 年 10 月 30 日，妈妈给爸爸的信中说：

给小女儿退托，你同意不？在托儿所吃不饱，何苦呢？

回家一块儿吃吧。咱们这儿量也不足。

我对幼儿园有模糊的记忆，记得中午吃饭的时候，我拿了一小块儿麸子面儿馒头，藏在背带裤口袋里。我想带回去给姐姐，因为在家里听姐姐说，她没有吃过麸子面儿馒头，我想带给她

尝尝。

　　饭后小朋友排队的时候，喊口令："向前看齐——"

　　所有的小朋友都伸出双手，而我只伸出右手，左手紧紧地护住裤兜里的小秘密。这个动作，被老师发现了。老师走过来，从我的裤兜里拿走了那块馒头。

　　我很难过，说不出那是怎样一种难过，是失败？是懊丧？是羞愧？回到家里，告诉姐姐，没能把馒头带回来。

　　不久，我退园了。我上小学前的一年多，是在家里度过的。妈妈说，刚从幼儿园回家的时候，我非常胆怯、非常自卑。吃饭时，妈妈拿着碗问我：

"够不够？"

我从来都说："够。"

又问我："还要不要？"

我也总是说："要。"

妈妈心疼女儿，怎么变成这样？于是，妈妈就让全家人都宠着我、惯着我、照顾我。终于，我敢说"不够"了，能吃饱了，性情也开朗了。

妈妈在 12 月 5 日给爸爸写信说：

知道你也是肝炎，我的心里很难过。肝炎没好，吃得又不好，怎么能受得了？

1962 年，粮食困难，经常成为信中的话题。3 月 7 日，爸爸给妈妈的信中说：

现随信捎去 20 元钱，这钱是给你喝牛奶的，切不要挪作他用。现在买别的营养品，买不到，牛奶就是最好的了，也可以说是药。

几天以后，妈妈给爸爸回信说：

吃饭、吃好东西的时候，给大儿子吃，大儿子就会说："妈，你自己吃，你不是有病吗？"他还跟二姐说："咱谁也别吃，给妈妈吃。"怎么给也不要，我就只好快快吃完，剩下的他总是让二姐吃，二姐总是让他吃，两个人互相让着吃。

1962年，我7岁，有了饥饿记忆。更确切地说，是恐慌记忆。

那时，好像什么都好吃。有一次，我带着大弟到处趸摸，从人家菜园子的茄子秧上摘下来一个茄子，赶紧跑。跑到没人的地方，东张西望，藏哪里呢？

我们发现食堂菜窖有个通风口，像是一个小木屋，我和大弟

躲在里边，竟没有人发现。那里面只能坐下俩小孩，我俩有点儿害怕。通风口百叶窗的格子漏进阳光，茄子的皮闪着亮亮的紫色，茄子的瓤白白的，有小小的籽。掰开，你一口，我一口，很好吃，心里又紧张又兴奋，好像有一种快感。

粮食越发紧张了，1962年7月，妈妈在信中告诉爸爸：

我打算在暑假期间，让五姨带三个孩子去农村住一段时间。不然，粮食紧张解决不了，你和我再省吃也不顶用。

7月，妈妈又在信中说：

别惦念我。现在，家里有40斤大米，粮食够吃，你千万别往家捎粮票。在家好办，菜多，可以调剂，你自己在外，吃好的没有，还是要吃足些。早上一两粮怎么能行？身体搞垮了怎么办？你若不听我的，捎回来的粮票，还给你捎去。你吃不够，拿回粮票，我心能好吗？无论如何也别干这事儿。

1962年8月3日，爸爸给妈妈的信这样写道：

你说家里粮食够吃，我是不相信的。都吃不饱，长了，不行，牛奶还是喝吧，就算替我喝，叫我说什么呢？

你们要吃饱饭，现在土豆下来了，买点儿吃吧，身体最要紧。吃的不足，我这个月能节省点儿粮票，等领出来后，捎去。

爸爸在 1962 年 9 月的信中说：

> 省委食堂的粮票还有两三斤，现在这里有牛奶，我每天早晨喝 1 斤，吃 1 两粮，一天 7 两就够了。等有便人给你捎去 10 斤粮票，就算我给你的，你吃得饱些，赶快恢复健康。

1962 年 9 月 28 日，妈妈给爸爸的信中说：

> 这里粮食又单一了，除了大麦米、地瓜干以外，啥也没有。你最好晚几天再回来，因为佳木斯市，是人吃的粮食都没有，现在连大麦米都没有了，只有黄豆、小豆、黄豆面儿、地瓜干，吃得拉肚子。两个大孩子总说肚子疼，每人给 1 斤面粉，就照顾俩小孩子。

记得有一天，家里不知从哪儿弄到了一点儿大米，可是米太少，不够做一顿饭的，妈妈就把大米和黄豆混在一起，做成了饭。黄白相间的米饭端上来，好像是过节了！

我们很久没吃过干饭了，都不适应了。三四岁的弟弟吃了干饭以后，消化不良，就呕吐起来。他站在那里，像是被自己的呕吐吓到了，愣愣的，不知所措。我在旁边看了，一边可怜弟弟，一边想：白瞎那些饭了。

家里粮食快没了，气氛有些不一样。妈妈当时跟我说，不要出去跟别人说家里没有粮食了。妈妈说这话时，很郑重。越是秘密的事儿，小孩就越想告诉别人，于是我告诉了邻居小英子。我悄悄跟她说："我家快没有粮食了。我妈不让说。"没想到，英子跟我说："我家也快没有粮食了。我妈也不让我告诉别人。"

1962年10月，妈妈在写给爸爸的信中说：

> 别惦念，我们的粮食（问题）解决了，从罗军那儿买了10斤大米。前天，我去了一趟笔架山农场，换了30斤大米、15斤小米。昨天，又供应每人3斤苞米面儿，总算过来了。

静静，这些信里，有些词非常刺眼：饥饿、肝炎。有的词很有历史感：粮票。好在，这些词现在都不怎么用了。当然，信里那些困苦中的温暖表达还在咱家的生活中：知心、体贴、甘苦与共。

一丹姑姑

2018 年 2 月

你鼓舞了我

小为（侄子）：

你喜欢《你鼓舞了我》这首歌吗？我从第一次听，就被吸引了。

你鼓舞了我，当我失落的时候，

当你来临的时候，我看到了永远。

你鼓舞了我，所以我能站在群山顶端；

你鼓舞了我，让我能走过狂风暴雨的海……

最近，我在读我的爸爸妈妈——你爷爷奶奶的信时，耳边总响起这歌声。他们之间情感交融、精神契合，从年轻，一直到年老。

1963年，爸爸妈妈结束了两地生活，我们全家都搬到了哈尔滨。那个时候，妈妈在省公安厅工作，爸爸在省委政法部工作。他们有时出差，即使是短暂的离别，也书信不断。

1963年3月，妈妈出差到双鸭山，写信给在哈尔滨的爸爸。似乎都听得到妈妈急切的语气：

邮局为什么传递信件这么慢？今天才接到这盼了几天几夜的信。

从你给我第一封信起，直到现在，你来的每封信，哪怕几个字的小条子，我都是翻来覆去地，不知看上多少遍。总觉得这样，能看到你的心似的。

我想，我想你想得这么甚，都想哭。我真想，如果将来你需要秘书，我一定坚决向组织提出，我给你当秘书。这一级不同意，找上级，直到找到毛主席，一天到晚一步不离。

真是的，这世界上只有对你我才那么自由自在，想说什么就说什么，想干什么就干什么，一点儿都不保留。因为这，惹你生气，使你伤心、难过，可是我觉得，你不会计较这些。

我感到骄傲、自豪，世界上只有我这么一个女人有这样的福气，我完完全全被你占有，你完完全全属于我。

咱俩的结合，十几年过去了，这只是恋爱的开始，全部的夫妻生活就是一部恋爱史，我说得对吧？

爸爸在给妈妈的回信中说：

　　一生难得一个知己，头一个十年，是这样甜蜜地过去了。现在，孩子逐渐长大。第二个十年，第三个十年，第四个、第五个、第六个十年，应该，比头一个十年更甜、更热。老伴老伴，越到老时，就越互相体贴、互相关怀，谁也离不开谁。

仅仅一天之后，爸爸又在给妈妈的信中说：

　　60分钟是1个小时，24个小时就是一昼夜，总是固定不变的，可是，在人们的感觉上确实有快有慢。

　　上次收到你的信，是星期五。这次星期三，相隔只有五天，却觉得很长很长。收发室不知跑了多少回，大家都看出，我到收发室去得勤了。

　　新婚不如久别，的确是，这句老话，这个"久"字，不是说一年、两年或三年五载，对我们来说，一个月以上，就算久了。如果达到三个月，就不得了了。

　　想想看，十几年来，分别三个月以上的次数还不多呢，离开一个月，就抓耳挠腮，怎么也安静不下来了。

　　就是这样，你是我的伴儿，我是你的伴儿。工作再怎么累，到了一起就解了乏，有什么愁事、窝火事，生气，伤心，不痛快，到了一起，唠上几句知心话，也就解过去了。

　　这一辈子，月下老把你我两人拴在一起，虽形式上是两个人，可是同甘苦，共命运，实际上，已经紧紧地结为一体了。

这时，他们已经有了四个儿女，而他们依然有自己的二人世界。我小时候，经常在清晨里听到他们聊天。这时，孩子们还没起床，这是他们的"两人时间"。父母是同行，常常谈工作，说的是什么，我虽听不懂，但我喜欢他们聊天的气氛。

他们两在精神上的互相支撑，一直延续着。父母在年轻的时候，经历了很多运动，在有精神压力的时候，经常在信中互相鼓舞。

1968 年初，妈妈去济南出差。爸爸在 1 月 4 日给妈妈写信说：

> 这一年来，我经历了过去从未经过的考验，心情烦躁、苦恼，消极情绪时起时伏，是你给了我极大的鼓舞和支持。在一起 16 年，那么多值得怀念的镜头，那么多有趣的记忆，但愿我们健康，再过上两个、三个 16 年。

爸爸和妈妈都没有想到的是，就在几个月后，妈妈在凤凰山五七干校被隔离审查。原因是妈妈反对"公安战线文革前 17 年执行的是一条黑线"这样的说法，还为当时的省公安厅当权派翻案。1968 年 10 月中旬，军管会宣布对她进行隔离。她开始接受批判，开了近 20 次的批判会。

爸爸太了解妈妈了，她是个很直率的人，很可能在态度上"出问题"，所以爸爸在 1968 年 11 月的信中特别提醒：

> 要采取正确的态度，不要有情绪。十几年的相处，我相信你是能够正确对待这些问题的，能够经得起考验的。

1969 年 3 月 30 日，妈妈在凤凰山五七干校写信给在呼兰军管会学习班的爸爸：

> 告诉你一个好消息，3 月 29 日下午，宣布解除隔离反省，回组检查，接受群众批判。

爸爸接到信以后，立即回了信：

> 接到你的来信，我激动得流出了眼泪。

爸爸极少流泪，我没有看到过他流泪。可以想见，妈妈失去自由，爸爸有难以言说的痛楚和压抑。爸爸在随后给妈妈的信中说：

> 这几个月，我心情还是比较平静的。开始，一丹来信告诉我，家里被搜查，我感到非常突然，什么问题竟搞到如此严重？但想到党的政策，相信群众，相信党，也就安然了。
>
> 对你的情况，我心中也有个数，用不着着急。别的，我不惦念，惦念的一个是身体，一个是态度。

妈妈"解放"以后，被安排到知青队工作，爸爸又鼓励她：

> 你要振作起来，同年轻人在一起，要有个朝气。

妈妈本来就是一个很有朝气的人，爸爸之所以这样说，一定是估计到，妈妈在精神受挫后情绪低沉。可以说，这个提醒是有针对性的。爸爸妈妈在特殊年代的深度理解，成为彼此支撑、相互鼓舞的力量。

1980 年 11 月 25 日，爸爸在给妈妈的信中说：

你已经在电视上看到了吧？怎么样？

那一年，我爸爸参与了公审"四人帮"这个载入史册的大案，那是 1980 年 11 月到 1981 年 1 月的跨年公审。作为特别检察厅成员，他担任王洪文的公诉人。

1980 年夏天，我爸爸从黑龙江抽调到北京，参与公审的准备工作。那期间，他和妈妈的通信不断，但在信中，一般都不会谈及工作。他们都是多年从事法律工作的，都有着极强的保密意识。

公审开始了，万众瞩目，我们在哈尔滨家里的电视上看到了特别检察厅中的爸爸——工作中的爸爸。

随后，爸爸来信了。爸爸在给妈妈的信中说：

你已经在电视上看到了吧？怎么样？一上台，灯光照得有点儿紧张，后来好一些，精力比较集中。可以说，有一半或者大半，是你的功劳。前几天，你的几封信给我多大的鼓舞！

想起几十年的生活中，在一些大的事情上，都得到了你的鼓舞。"文化大革命"，突如其来的打击让人蒙头转向，被隔离开来，不让回家，但电话不断，心中就有了力量。一次夜间正在闹闹哄哄的，你从家来，还买来了吃的东西。

　　后来，你到凤凰山，我到呼兰。那个年月，唯一的安慰就是你的信。多少年来心连心的友谊，一直是鼓舞我的力量。

在这些信里，小为，你读出了什么？那个特殊年代，那种特殊气氛，都在字里行间。你可以感觉到，那故事的背景已经远去，而家人之间的精神支撑，还在；家人之间的鼓舞，还在。

一丹姑姑

2018 年 2 月

消失了的痕迹

小雪（侄女）：

如果有人问你："你爷爷什么样？"你立刻就能拿出他的照片、影像、文字，也许还有当年他在你作业本上的签名。这些，都能让人具体地感受到爷爷是什么样的形象、气质、性格，甚至能感受到他的气息和温度。

可是，如果有人问我："你爷爷什么样？"我没法回答，这不仅因为他很早就去世了，我没见过他，也因为，我拿不出那么多实物。

他的照片呢？他的痕迹呢？

我妈妈一向珍惜家信、照片和日记。年过七十，她把 1700 封家信选编成册，成为家庭档案，被几代人视为传家宝。我以为，我们看到的就是家庭档案的全部，然而，妈妈年过八十以后，在 2013 年 1 月 22 日给儿孙们写了这样一封信：

我想告诉儿孙们一件事，这也是我终生难忘、终生遗憾的事，又是无法弥补的事。

"文革"初期，我在黑龙江省公安厅工作，老伴儿毓嵩在哈尔滨市公安局任副局长。

"砸烂公检法"的口号响起，突然，有一天夜里，大学生造反团冲进省公安厅，深夜召开处以上干部会，气势汹汹地宣布接管公安厅。

与此同时，学生造反团也接管了哈尔滨市公安局。老伴儿当时主持工作，他脚崴了，带伤去局里接待学生造反团。

我一边担心他的安危，一边担心学生接管后会像在社会上那样，乱批乱斗、乱搜查、破"四旧"。

破"四旧"，即破除旧思想、旧文化、旧风俗、旧习惯。"文革"初期，在这个口号中，古迹、图书、文物、字画、老照片都可能被毁，有的路名、校名被改，与"四旧"相关的人被斗，甚至连首饰、旗袍、高跟鞋都被禁。了解了这样的背景，就能理解我妈妈的担心了。

　　我一下子就想到我们的信件、日记和照片。这些多年来珍藏的东西被放在床底下的木箱里，我连夜翻看，把谈情说爱内容多的、工作情况写得多的、对形势有看法的，有可能

犯禁内容的信件，全部挑出来。

在深夜里，我又把我俩年轻时写的两大本日记、毓嵩伪满洲国时期在军医学校的照片、中学毕业照的戴帽子有校徽的照片，还有婆婆珍藏的公公和家人的老照片，都拿了出来，就等毓嵩回家商量该怎么处理。

商量的结果，我俩心是一样的，认为放哪儿都不安全，都实实在在舍不得，但又怕惹来灾祸，只能忍痛甚至流泪把挑出来的信件、照片、两本日记全部烧毁了。最可惜的是敬家的老照片。

后来，1968年，家里真的被搜查了。当时，我和毓嵩都离家去公安机关军管会学习班，在家的孩子目睹了那次搜查。一些信件被拿走、被断章取义批判，我被批斗，说我在信中攻击"文革"、给社会抹黑、爱情至上，等等。

那些信、照片、日记……现在想起这件事来都痛心。

老妈写下这些文字，是怎样的心情？灰飞烟灭，永远失去，那是怎样一种痛！回望沧桑，体味得失，她念念不忘的是什么？

我60岁的时候，第一次去了老家。在辽宁营口一个叫"柳树"的地方，我站在爬满藤蔓的栅栏前，本家人告诉我："你家老宅就在这儿。"这时，我想到早逝的爷爷——未曾谋面的爷爷。他就是从这里走出去的，上了学，在专卖局就职养家。

那时，他什么样？他身边的人什么样？那时的环境什么样？后来，我爸爸回忆，那些照片里，有爷爷与十几个同事的合影，也有奶奶和家人的合影。我爷爷的形象是 30 多岁，穿着大褂，挺拔饱满。他曾留下痕迹，那痕迹，失去了。

人的记忆真是很可琢磨，有的事，转眼就忘了，有的事，多少年过去，仍记忆犹新。什么容易被选择记住？重要的、刻骨铭心的、不可替代的、不可挽回的。

记忆，是与生俱来的能力；记录，是可贵的自觉。

老妈记下这件事，是让我们别忘记。

半个多世纪过去了，小雪，那情景，对你来说，有多遥远？多模糊？那些失去的信、日记和照片，对你来说，现在也许还感受不出什么。等到你的孩子也长大，你理解了"根"，就会悟到，这确是一种失去。而且，很多人家都有这样的失去，给后人留下模糊、留下空白。

　　　　　　　　　　　　　　　　　　　　　　　一丹姑姑

　　　　　　　　　　　　　　　　　　　　　　　2018 年 1 月

那一天，
我一下子长大

晴晴：

有人说，13 岁，在人的成长中很重要。

我的 13 岁，就是这样。那一年，那一天，我一下子长大。

那一天是 1968 年 11 月 25 日。

对很久以前的那个日子，还要不要写下来？它不知多少次出现在我的记忆里。尽管一字一字写下来还是像一点一点揭开伤口上的纱布一样，但是，一个朋友的话使我拿起了笔。他说，我们太健忘了。

1968 年 11 月 25 日，是我上中学报到的日子。从清晨起，我就一片好心情，但却无法与父母分享，他们都在遥远的干校、学习班接受改造。

尽管"文革"后停课很长时间了，但从小学生变成中学生，心里还是怀着期待的。走到哈尔滨第四十四中学门口，却看到一纸通知：新生报到时间推迟一周。可能是中学的桌椅门窗在"红卫兵"武斗中砸烂了，还没来得及准备好迎接新生。

我有些失望地往家里走。那天，天色有点儿灰，下着细碎的清雪。回家的路上，没有伴儿。

我家在公安厅家属宿舍黄楼，寒风中，楼前没什么人，不仅因为天冷，还因为，当时"砸烂公检法"，很多大人都到干校、学习班去了，不少人家只剩下孩子和老人。

姥爷给我开了门。他神色有些异常，像是对我说了些什么，又像是什么也没说，有点儿恍惚。我进屋一看，愣住了，屋子里有四五个人正在翻箱倒柜，一片狼藉。

抄家？

搜查？

是爸爸的事？

还是妈妈的事？

我蒙了，不知该说什么，就站在门口。

他们停顿了一下，看了看我，又开始翻书，是一页页地翻，像是在找什么。有的在翻衣物，还在本子上登记。这时，我仔细看了看，其中有的人我认识，他们是我妈妈的同事。我猜想，是我妈出事了。

姥爷坐立不安，一会儿走出去，一会儿走进来。两个弟弟都没有在家，我担心弟弟此刻回来看到这一幕。

这时，我听见翻检衣物的人对登记的人说："水獭领大衣一件。"我紧张起来。那是妈妈唯一值钱的东西，是结婚纪念日爸爸送给她的。他们是要拿走吗？这时，我听见负责登记的那位挺漂亮的阿姨说：

"水獭的'獭'怎么写？"

大家都没回答出来。

"哎呀！你看人家韩殿云，人家都穿上了，咱还不会写呢！"

我无声地看着她，她是我妈妈的同事，也是我同学的妈妈，是一栋楼里的邻居，我平时管她叫"姨"。她的声调里有一种我当时还不会形容的东西。一个13岁的女孩，在蒙的状态中，听到那成年女人说话的语气，那是一种说不出的受伤。

我定定地站着，默默地看着。我突然想起，我的日记本在床头柜的抽屉里，他们也会翻吗？我想，日记是写给自己的，就走过去，把本子拿在手里。

这时，另一个阿姨机警地走过来，很利落地夺下本子，冷冷地看了我一眼。他们并不是简单粗暴的"红卫兵"，他们都是省公安厅的干部，动作和眼神都很职业。她翻起那个小本子，审视着。那时的孩子日记能写些什么？无非是学习《毛主席语录》的心得和毛主席诗抄之类。她翻来覆去地看了几遍，把本子还给我，脸上没有表情。

屈辱，无助，我站在那里，看着我认识、不认识的叔叔和阿姨翻腾着我家。没有人解释，也不知此刻爸爸妈妈在遥远的干校、学习班是否知道家里正在发生什么。我不知我当时的眼神和表情，我并没有哭。

这时，一位有些眼熟但不知姓名的叔叔走过来，他轻声对我说："一丹啊，你不要有抵触情绪啊！"这是我第一次听到"抵触"这个词，我不懂，但此情此景，让我猜到了这个词的意思，这个生词就像刀刻一样刻进了我的记忆。直到现在，一提到这个词，我还会想到那情景。

那个叔叔是用东北口音说的，他把"抵触"念成了"dǐchǔ"，我也一直这样发音。后来，学播音了，我才知道，应该念"dǐchù"，但每次遇到"抵触"这个词，我都得犹豫一下。

我想，当时那位叔叔一定是从我的眼神里看出了抵触。他对我那样说，是出于善意，是怕我因抵触而有麻烦。

在同样的时间、空间里，在同样的角色关系中，我遇到了那样的"姨"和这样的叔叔。我从此相信，无论什么环境，无论什么角色，人也可以有不同的选择，而不同的选择来自不同的心和脑。

搜查完了，他们走了。我对着年迈的姥爷和幼小的弟弟发愣，姥爷受了惊，从此落下不可控制的摇头的毛病，弟弟浑然不知家里的变故。老的老，小的小，谁也不知发生了什么。

怎么办？接下来，我便开始写信，写给北安的妈妈、呼兰的爸爸、密山的姐姐、福州的大姑、北京的三叔、鹤岗的三姨、齐齐哈尔的老姨，都是问一句：家里今天被搜查了，这是为什么？

姥爷不识字，我给他念了我写的信。他看着我，看着那些信封，心里不知有多少疑惑和担忧。

我独自走向邮局，路边的树上，黑色的枝丫在寒风中抖动。中山路上那小小的邮局在测量学校和公安厅之间，绿色的圆形邮筒冰冷冰冷的。此刻，邮筒成了我的希望，我一封接一封，向邮筒里发了一摞信，向这个冬天发出一摞问号。

几天以后，爸爸收到了信，但他也不知道因由，没有办法回答我。

很多年后，妈妈说她没有收到那封信。她的来往信件都要经过检查，那封信被扣了。

很多年后，姐姐对我说："其实，你不该写信告诉我这件事。"那时，姐姐才 16 岁，是个纯洁知青，接到那封信后立刻向组织汇报，从此背上了沉重的思想包袱。家里的变故告诉她，还不如不告诉。可我当时才 13 岁，我怎么知道该问谁，不该告诉谁呢！

那个等待回信的冬天，很冷，很长。

1969 年 3 月 30 日，妈妈给爸爸写信说她被解除隔离反省，回组检查，接受群众批判。

为什么隔离反省？后来才知道，原因是妈妈反对"公安战线文革前 17 年执行的是一条黑线"这样的说法，还为当时的省公安厅当权派翻案。

解除隔离反省，在当时有一个通俗的词，叫作"解放"。我在前面提到过，妈妈"解放"以后，我爸给妈妈写信说，收到我的信后，他才知道家里被搜查这件事，感觉非常突然。

我姐在妈妈"解放"以后，立刻写信：

> 那天，我收到一丹的来信以后，知道家里被搜查。一开始，

我真的没想到，我一直为我有这样的父母而感到骄傲，怎么会发生这样的事儿呢？

您以前在家时，给我们讲您的家史和毛主席的生平，领着我们学习毛著等情景，都出现在我的脑海里，妈妈怎么会犯错误呢？

当时，我难过极了，流了眼泪。当时的包袱很重，后来爸爸来信，对我进行了帮助，但每当睡前总是想。

接到您的来信后，我真高兴，您对党和群众没有丝毫的怨气。以前我还想，您的脾气那么硬，会不会不服气，对抗起群众来呢？

4月3日，我得知妈妈"解放"的消息之后，给妈妈写了这样一封信：

亲爱的妈妈：

来信收到了，我高兴极了，姥爷和弟弟也都非常高兴。我真太高兴了，我要把这个消息告诉姐姐他们，让他们也高兴高兴。

多长时间了？我们盼了多少天啊？盼您快快改正错误，回到毛主席革命路线上来。今天，您终于"解放"了，叫我怎么能不高兴呢？我太高兴了。您好好工作吧，一切都不要惦记。

当年的我，真的以为妈妈犯错误了呢！我用这样的词语，迎接"解放"了的妈妈，这样的表达只能发生在那个年代。

成年以后，总会想到那段日子，总会听人讲起他们各自经历的"那段日子"。

曾有人说，他的家被抄了十来次，后来就没有初次受伤的感觉了。还有的少年先是在别人家被抄时去起哄，而第二天，自己家也被抄了。

一个和我年纪相仿的女记者跟我说："我和你的经历几乎一样，不同的是，搜查我家时，我被强迫脱光了衣服搜身。他们走了以后，我就一遍又一遍地擦洗身子。"

她平静地说着，我流了泪。我想：我的这段记忆，不是我一个人的；她的记忆，也不是她一个人的。这是走过那个年代的人共有的记忆。

我曾指给你看，晴晴，记得吗？那天，我寄信的那个邮筒就在那儿，在中山路公安厅旁边。不过，它的形状已经变了，也没有多少人投信了。

　　在那动荡的日子里，我匆匆地和童年、少年告别。那一天给我的生命注入了一种过去没有过的东西。我再没了纯粹的快乐和轻松，我失去了成长中的安全感，我总免不了为明天担忧，在各种感觉里更容易感受沉重和痛苦。

　　好在，你的生命里，没有那一天。

妈妈

2018 年 1 月

过年，
爸妈不在家

晴晴：

现在年味儿淡了，是不是团圆，也没那么要紧。而我们小时候，年，就是团团圆圆，就是热热闹闹。

我很享受小时候年夜的情景：妈妈在炖鱼，爸爸在剥蒜，姐姐在炒瓜子，弟弟在数鞭炮，我琢磨往饺子里藏一个硬币，谁吃了这个饺子谁有福。我就是从这个年俗里，开始理解"福"字的。

1969 年，我 14 岁，家里的年味儿变了。

1969 年 2 月 15 日，我爸爸在给妈妈的信中说：

> 根据省革命委员会通知，我们这里春节不放假。今年春节，大女儿燕也不回家。

我爸爸写这封信的时候，正在地处黑龙江省呼兰县（现为哈尔滨呼兰区）的哈尔滨公检法军事管制学习班里学习。

我妈妈在北安凤凰山干校，正在接受审查，已经失去自由。

我姐 17 岁，在黑龙江生产建设兵团当知青，她在 1969 年 2 月 13 日，给我写了一封信，说：

> 今年春节，咱家就剩三个孩子，你要和弟弟们搞好团结，帮助姥爷，高高兴兴过春节。

在几个月之前，爸爸，妈妈，姐姐，一个接一个离开了家，我和两个弟弟在家里。幸好姥爷来了，我们有了主心骨，但当时我并没有想到，过年了，爸爸、妈妈、姐姐也不能回来。

我问邻居家的小孩："你爸回来吗？"

问同学："你妈回来过年吗？"

问表姐："你哥回来吗？"

都不回来。很多人家里都是这样，大人分别在干校、学习班，知青在农村。这些人家都是孩子们自己过日子，或者和老人一起过。那时，人们已经不说"团圆"这个词了。

好吧，自己过吧。

我负责洗床单、打扫卫生。

11 岁的大弟负责买年货。那时,食品都是凭票供应,有票,东西还不一定总有。在冰天雪地里,他小心翼翼地揣着钱和票,一次次奔向叫作"十三门"的商店。他小小年纪,居然从来没有出过错。

他在信中告诉妈妈:

春节这个月,一个人给 1 斤花生、2 两香油、7 两豆油、13 斤白面、3 斤大米。我们一定要过好这个春节!

过年啦,大年三十这一天,我给妈妈写了这样一封信:

亲爱的妈妈:

在今天大年三十夜,我给您写信,祝您春节好。但,邮局放假三天,信要几天后才能收到,春节就已经过去了。

我们很快乐,今天晚上,吃的大米饭、小鸡炖蘑菇。我们很困,所以半夜不吃饺子了,明天早上吃,炒了花生。奶奶给买了苹果、梨,二姑夫回来了,刚才来了,给我们买了糖。

我们三个都放了鞭炮,我敢拿着放,可好玩儿了。下午,院子里的小孩到咱家来玩。晚上,我们去王丽云家打扑克,大弟、小弟在外边放鞭炮,我们都很快乐。

小弟困了,已经睡着了,大弟还在外边玩儿,我在给您写信，姥爷也睡觉了。姥爷可能因为我只顾玩儿，不包饺子，生气了。饺子是大弟和姥爷包的，我以后一定多干活，不让姥爷生气。姥爷现在不咳嗽了，身体很好。

妈妈，您过年快乐吗？过年，奶奶给家20元钱，三姨给姥爷邮来20元。今年春节，虽然爸爸、妈妈、姐姐都不在家，我们也都很快乐、很高兴。

我困了，家里的事，明天再写，春节好。

一丹

大年三十夜，11点

很多年以后，妈妈说，这是她忘不了的一封信。在信里，她虽然看到了那么多的"高兴""快乐""吃得好""玩儿得开心"，但是，妈妈知道，女儿想爸爸、妈妈、姐姐的心情一定是很难忍的，是一边哭一边写的。妈妈在猜想，一定是哭到了不能写下去的程度，为了安慰妈妈，把思念、牵挂、孤苦，写成了开心、快乐。

1969年的这个年，姥爷经历了两个"第一次"：姥爷第一次没有在儿子家过年，而是在女儿家，帮女儿守着她的儿女，女儿在外有难，女婿也不在家，没有消息，没有指望；姥爷第一次除夕没吃饺子，姥爷一辈子虽贫寒，但年三十儿老习惯，守夜，大

人、孩子包饺子，午夜吃完饺子才睡觉，而这个除夕，在愁苦中，他没心思张罗吃饺子了。他也不知女儿的年是怎么过的。

我妈妈的这个年是怎么过的呢？

当时，我妈妈在北安凤凰山干校的"黑帮"牛棚里，失去了自由。她和另一个被改造的"黑帮"梁阿姨住在一起。梁阿姨的丈夫是检察长，一次笔误，把"万寿无疆"写成了"无寿无疆"。后来，他不堪被批斗、被折磨，在自家厨房自尽了。梁阿姨的孩子们分散在不同的地方过年。

年前，妈妈托人悄悄在外面买了一斤糖块。毕竟是过年，有了这些糖，也算是有一点年味儿。可是，突然听说，"造反派"要到各屋来检查，她们生怕好不容易才买来的糖被搜走，就匆匆地把它们藏在了柴火里。

可是后来她们忘了这件事，烧炕时，就把柴火塞到炕洞里点着了。炕热了，她们突然想起了这包糖，赶紧去炕洞里掏，那包糖块已经变成了烧黑的一坨！

两个女人看着黑糊糊的一坨糖，梁阿姨突然大笑起来，哈哈哈……她疯狂地笑着，怎么也止不住。妈妈大喊她的名字，她还是狂笑不止。

妈妈临危不乱，她想起小的时候曾经听大人说过，如果一个人这样癫狂失控，有一个办法能止住。于是，妈妈从水缸里舀出冰凉的水，在梁阿姨的大笑声中，口里含着一大口冷水，照着梁阿姨的脸上猛喷过去！

　　梁阿姨终于止住了狂笑，她停住，愣着，大哭起来。她清醒过来了，窗外是寒夜，她的丈夫没能熬过这个年，她的孩子们不知怎么过的年。

　　这个年，我妈妈就是这样过的。

　　过完年，妈妈收到我的信，一连串的"快乐"，让妈妈一边看信，一边流泪，思绪万千。

几十年以后，我看到这些信，又回到了那个年夜。

晴晴，其实，那年月，很多人家都有这样的情景。或者时间长了，慢慢淡忘了，或者不想回望那些难受的事，主动淡忘了。

幸好我的妈妈把家信留下来，再看，依然是泪流满面。

选择不忘，是为了不再。

妈妈

2018 年春节

告状：
小弟逃学了！

小为：

　　你们 90 后都不写信了吧？我写这信，是想让你看到你爸的当年。

　　我比你爸大六岁，我的少年，他的童年，共同经历了一段难忘的岁月。他从小到大，模样在变，而在我的记忆里，他七八岁的模样总是最鲜活生动的。

　　他出生于吃不饱饭的 1961 年，却生性活泼、精力旺盛。只要他醒着，就活蹦乱跳；只要大院儿里有孩子打架，他必在混战中；只要回家来，必是手脸黢黑、衣服脏乱。

　　就在他上学的年龄，"文革"来了，学生家长走了。

　　看管他上学，就成了我不可能完成的任务。

我妈妈在 1969 年写给爸爸的信中说:

> 我这次从家出来,小儿子的哭给我增加了负担,想起来就很难过。希望你好好照顾他,告诉他不要想妈妈。

> 我常常想起我临走时他哭的场面,他是最小的,但他却懂得了妈妈要离开他,希望你能好好照顾小儿子。告诉家里人,都要好好教育他,不要骂他、申斥他、打他,使他不会想妈妈。

妈妈为什么格外惦记她的小儿子呢?

爸妈四个孩子,前三个孩子上学第一天,都是妈妈牵着手送到学校门口。从一年级开始,妈妈就通读孩子们的新课本,督促孩子们写作业,让孩子们在上学之初就形成好的学习习惯。因此,家里前三个孩子的学习都没有让爸妈操心。

而小儿子上学的时候,赶上了"文革",妈妈被迫远离,先是到北安凤凰山干校,后来又到中苏边境的呼玛县工作队。爸爸也离开了哈尔滨,去了呼兰的公检法军管会学习班,隔山隔水几百里。因此,小弟上学的时候,妈妈没有送他到学校,爸爸也没有办法督促小弟学习,更没有办法让小弟在上学之初就养成好的学习习惯。

更何况那年代,所谓上学,已经不是正经的上学,甚至在很长时间里,没有教科书。学生虽然坐在课堂上,但是心里长了草。

就这样，管教小弟上学的任务就落在了我的身上。一个十三四岁的女生，管教着一个七八岁的男生，这对我来说太难了！

1968 年 9 月 20 日，我在写给妈妈的信中说：

我现在还在小学，是七年级。小弟也上学了，他上学很淘气，放学时老师领他们排队回家，可是他却和几个小孩从厕所后门跑了回来。

一个月以后，我又一次告状：

小弟很不听话，作业经常让别人写。前几天，一连两天，没有上课，姥姥说他，他不敢回家了。后来看到别人都学了新字，我说他，他就去了。这几天，我一说大弟，他就和我顶嘴，有时还打我。

在这封信的末尾，我又加了这样一行字：

妈妈，你再写信别写连笔字，我看不下来。一丹

妈妈说，她看到这句话，心都揪起来了。妈妈心疼她的女儿，连妈妈的信都认不全的小学生、小姑娘，却担起了管教弟弟的担子。事隔很多年，妈妈看到这行字，还是止不住流泪。

我向妈妈告状，向姐姐诉苦。1969 年 10 月 8 日，我姐从北大荒写信劝我：

帮助弟弟们，告诉他们不要打仗、不要气姥爷，但不要

总是训斥，他们失去自尊就不好了。小小子嘛，哪能一点儿不淘气呢？不淘气的小小子是没出息的。要说服教育。

　　以前，我在家没尽到一个大姐姐的责任，希望你尽二姐的责任，好好帮助弟弟。

唉！我这个二姐，我哪里知道该怎样说服教育呢？我只能自己生气，声嘶力竭地训斥弟弟。

1969 年 6 月 28 日，我怒气冲冲地给爸爸写信：

　　你的小儿子实在不像话，6 月 26 日逃学！背着书包到测量学校去玩，我去邮信，看见了他。晚上，姥姥说了他一顿，叫他以后按时上学。

　　我们还以为以后会好的呢，可是第二天 6 月 27 日，他倒是上学了，放学好半天，老师叫他的同学来家里叫家长到学校去一趟。谁去？现在不是开家长会，而是个别叫家长去，我只好去了。

　　据楼下小勇说，他上课打闹，放学站队不守纪律。我走到半路，他竟正往家走。他说老师让他回来了。那就拉倒吧，难道我还有脸去见他的老师吗？你说他是不是人吧？不是逃学，就是捣乱。

　　大弟从学校回来说，老师并没有让小弟回家，他是趁老师同另一个同学说话，偷偷地跑回来的。你说这还叫人吗？

他还经常不写作业，或到上学前再忙活。趁家人不注意拿点儿什么东西，就连吃馒头也是这样，偷偷拿出去送给别人吃。动不动跟着你转，问你要钱花。这些都算小事，他就是不上学，你有什么办法？

我干脆管不了他，姥姥也管不了。说他，就像没说一样，该干啥干啥，一点儿也不在乎。你说你的，我干我的，反正你不会把我怎样。

妈妈来信让我好好帮助小弟，叫我身教重于言教，可我并没有逃学，我姐姐、大弟也从没有这样做，偏偏出了个小弟大为。这个大有作为的人物才敢这样做，叫我怎样来教育他呢？

爸爸，家里是干脆管不了他了，你也许让我好好和他唠唠、说说话，慢慢教育。这条路也不行，你这时说了，好了，过一会儿又忘了。

为什么我妈生他这个缺德的家伙呢？爸爸，你想办法，我也是想教他好的，也是尽量想办法，把他教育成有用的人。1969年10月15日，我在给妈妈的信中说：

弟弟们气人得很，爸爸总是惯着他们，平时还好点儿，爸爸一回来闹得更甚，爸爸也不管。我一说他们，爸爸还说，不让我和他们打架。你看，他们看着有人向着他们了，他们就恨不得闹得上天。

真没办法，我和爸爸说，小弟大为，怎么这样气人？爸爸就知道笑。我看，他这个儿子，还能大有作为到什么程度！

一天，邻居王姨收拾走廊里的杂物，在一个旧木箱里发现了一个书包。王姨喊："谁的书包？咋放这儿了？"我闻声出去一看，居然是小弟的书包！他早上说去上学了呀！

原来，他一出门，就把书包藏在木箱里，轻手利脚地疯玩去了！小弟逃学，越来越机智了。可我快疯了！已经疯了！小弟回来，劈头盖脸一顿揍！

1970 年 3 月 21 日，我妈妈写给我爸爸的信里，谈到了我，她写道：

> 一丹好久没给我写信了。说实在的，我经常担心一丹的成长。一个姑娘，妈妈长期不在家，妈妈应该告诉的，又没人告诉她。

直到 1970 年 5 月，妈妈才回到了哈尔滨的家。

有一天，小弟又淘气了，我一个巴掌打过去，打在他脸上。恰巧，这个情景被妈妈看到了。妈妈的脸色一下子沉下来，她严厉地说："可以管弟弟，但不能打，更不能打脸。你们四个孩子，我从来没打过脸！"一向刚强的妈妈掉泪了。

我也哭起来，我很委屈，父母不在家的日子，我一天到晚认真地管着弟弟。弟弟如果上不好学，我就觉得自己没尽到姐姐的责任。我这么尽心，还被妈妈批评！

同时，我也很难过、很后悔，小弟赶上了这么一个年代，妈爸不在家，他穿的是哥、姐穿剩的衣服，吃的总是亏嘴，几乎没什么小孩的零食，没人宠，没人哄，乱糟糟的学校也规矩不了他。我的眼泪哗哗地流，为自己，也为弟弟。

妈妈在很久以后写道：

在妈妈爸爸离家的两年多时间里，一丹的变化很大，长大了，主事能力强了，还有性格上的变化。过去，她一直是个温和的孩子，对姐姐和弟弟们从来都是亲热的、有耐心的、和气的，性格活泼，欢快开朗。可是在这两年里，她变得愁容满面、神情忧郁，爱烦躁，爱发火、生气，有时哭起来，没完。

一个13岁的小姑娘，父母离家这么久，家庭负担、精神负担太重了。这些负担把她压扁了，甚至出现了病态。

幸好，妈妈那时回来了，爸爸也回来了。如果那样无望、无助、无奈的日子再持续下去，我可能会变得更加暴躁。在特殊的年代，我也许会变成一个暴戾的女孩儿。

小为，你在信里看到的我，是个什么样子？用东北话说，整天呜哩嚎疯的，也就是气急败坏、声嘶力竭、急赤白脸的。恰恰是在那种状态里，我们姐弟之间体会到特殊年代相依为命的手足之情。

　　那天，我让你督促你爸减肥时，我还在想，眼前这个"胖纸"，小时候没有好吃的，现在还不让人家吃点儿好吃的吗？

一丹姑姑

2018 年 1 月

-

1968 年的小学生

家乐（小弟的外孙）：

只要是小孩，我都喜欢，可为什么，对你的喜欢有些特别呢？因为，你的样子有点儿像我小弟小时候。

你会问："谁是小弟？"

就是你姥爷呀！

现在，你妈妈每天送你和妹妹上学，在 6 岁的你看来，本来就应该这样嘛！

没有妈妈送的滋味，什么样呢？

你姥爷，小时候就尝过这样的滋味。他上小学一年级的时候，是 1968 年。

小弟是怎样一个孩子？看我爸的描述，那就是一个熊孩子。1967年12月31日，妈妈在济南出差，爸爸给妈妈写信说：

> 小儿子淘气，顽皮得很，一早醒来，逗这个，逗那个，闹得老少不安。白天，站在平台上，逗下边的小孩，惹得人家要打他。

> 前几天吃冰溜子，把肚子吃坏了，夜里出去两次，奶奶给煮两次鸡蛋，吃好了。这小子真能吃，一顿吃四个半包子、三个鸡蛋，吃饱了就蹦，把楼下闹得找上来。

爸爸绘声绘色地描述他的小儿子，我似乎能看到爸爸边写边笑的样子。儿子淘气的时候，爸爸经常在笑。儿子把身上弄得一塌糊涂的时候，他也在笑。他似乎相信，这是孩子的本性，淘小子出息。

到了1968年，小弟要上学了，家里有了意想不到的变化。

爸爸和妈妈相继离开了家，他们分别被安排到外地的学习班和干校去了。爸爸还能回家看看，妈妈一度失去了自由。

妈妈走的那天，正好是小弟上学的第一天，妈妈没能送小儿子上学，心里充满无奈和牵挂，这成为让她心痛的遗憾。

学校经过"文革"初期长时间停课以后，1968年9月开学了。入学第一个月，小学生的两个姐姐分别写信向妈妈告状：

> 小弟上学了，一点儿也不听话，上学很淘气。

很不听话！

每天闹腾得翻天。

爸爸的眼里，小儿子却不一样，爸爸给妈妈写信说：

小弟上学作业都挺正经，前天早晨，我一睁眼睛，看他自己缝衬衣呢！你说有没有趣？

几乎家里每个人给妈妈写信的时候，都在说小弟上学之初的淘气。

在前几封给爸爸、姐姐的信里，小弟总是附上一幅画。而在1968 年 10 月 1 日，小弟第一次拿起笔，自己用文字写信，他的第一封信写道：

妈妈，我上学了，姥姥还没来，大姐要走了，我想你了。

四句话，四个层次，其实传达了很多信息。首先告诉妈妈，他已经成了一个小学生。第二个层次，姥姥还没来，是姥爷在帮我们看家，姥爷一个人带着我们三个未成年的孩子。第三个层次，大姐要走了，是指 16 岁的大姐就要离开家，成为下乡知青了。最后一句话，是他最想说的，一个 7 岁的孩子，想妈妈了。

1969 年 1 月，小弟又学会了一些字，他写了一封长信：

妈妈您好，我学习很好，会写很多字了。我放学和哥哥拣煤核儿，我们要放假了。我在学校擦黑板，老师表扬我了。我很想您，您过年回不回来？爸爸回来了。那天我拉床上屎了，可臭了，二姐收拾的。明水老舅给我和哥哥买鞋了，齐市老舅也来了，买梨了。您的老儿子，1969 年 1 月 23 日写。

"拣煤核儿"，是因为妈妈在被审查期间，工资停发了，姥爷带着我们过紧日子。只要锅炉房推出炉灰，立刻，升腾的热气中，一群孩子围上去。大弟和小弟也拿着小桶、钩子，争先恐后地冲上去。

"买梨了"，被小弟写进信里，是因为，家里很少买水果，小弟几乎没有零食。他有病发烧时，偶尔给他买点儿好吃的，他难受吃不下，病好了，想吃了，又不给他买了。馋嘴的孩子总是处于亏嘴状态。所以，家里有了梨，是值得告诉妈妈的大事。

在这封信中，小弟还抄了一段《毛主席语录》：

一是要抓紧，二是要注意政策，对反革命分子和犯错误的人，必须注意政策，打击面要小，教育面要宽。要重证据、重调查研究，严禁逼供信。对犯错误的好人，要多做教育工作，在他们有了觉悟的时候及时解放他们。

小弟为什么要抄这段《毛主席语录》呢？小弟后来回忆说：

这段语录发表的时候，二姐非常高兴，拿回家给姥爷、

　　哥哥和我念，念完了以后，我们并没有理解，但是二姐特别
高兴地说，爸爸妈妈就要"解放"了，可以回家了！

　　妈妈"解放"了，但又被派到呼玛县工作队，我姐在信中回
忆了那个情景：

咱们去无轨电车站送，小弟抱着妈妈不肯放地哭，连平时最爱吃的冰棍都哄不好他。

当时，我本来是可以忍住不哭的，可看这情景，我很可怜小弟，那么小，就很长时间离开爸爸妈妈了。

1972年2月10日，小弟在给大姐的信中说：

我在家里拾煤渣，够家里烧的了，但是没影响学习。

咱家里分了20斤大米，大姐，你不是爱吃大米饭吗？我们一定给你留下大米。

11岁的他，已经在操心家事了。但是，天性活泼的他淘气也升级了。1972年3月27日，爸爸给妈妈的信中说：

小弟淘得厉害，前几天下楼梯把脚脖子崴了。小四儿背了他一段，又扶着他走回家。第二天早晨，他一瘸一拐的，又跑出去淘气了。

昨天晚上，邻居来告状，小弟拿砖头砸他家门，拿沙子扬窗户。快9点了，怎么也找不着小弟，楼上楼下、床底下、仓库都没有，我们急得够呛，最后从平台上找到他了。他藏在小木箱上，用草帘子挡着、盖着。没想到他躲在那儿。

拽到屋里，审了一遍，想打他几下，一看他的样子，你又不在家，就没打，说了一顿，规定晚上不准到外面乱跑。

他答应了，可不知能否办到。

小儿子一阵子淘气，一阵子也招人喜欢。今天早晨，大家都睡懒觉，他自己起来了，把炉子生着，又淘了米。我起来后问我，还有什么活没有？我说不用你了，他才跑到外面去玩儿。

后来，妈妈终于回来了，可是家人还是没有团圆。11 岁的小弟似乎还不能理解家人为什么离开，怎样才能回来。1972 年 7 月 31 日，妈妈写信给当知青的大女儿：

小弟问，大姐什么时候结束？他以为，上山下乡，像上学一样，有个结束时间呢！

愿亲爱的家乐早些看懂这些文字。你姥爷小时候经历了这么多事儿，可是，你看他，眼睛里依然有童真，特别是和你们在一起的时候，他总是最开心的。

他对孩子特别宽容，被看成最惯孩子的人。这是不是因为，他小时候，太缺少呵护和娇惯了？

在这些信里，你能看到离你很远很远的那年那月吗？

一丹姑姥

2017 年 12 月 20 日

72 届中学生的模样

林林（外甥）：

你觉得，中学，是个啥感觉？小学不懂事，大学太懂事，中学嘛，半懂不懂的样子很可爱，青春、单纯、活力、阳光、清新！就好像是早晨七八点钟的太阳。

这是说你们 80 后的中学时代。

我们 50 后的中学时代呢？再细分一下吧。50 后前期的中学时代，赶上了"文革"时"停课闹革命"；50 后后期的中学时代，赶上了"复课闹革命"。你说引号里的词是生词？你问百度。

我讲的只是 72 届中学生自己的故事。

1968 年底，我上中学了。

两三年没好好上学了，小学四年级的时候，"文革"开始了，从此就没正经上课，一群孩子傻乎乎地荒着。

升入中学以后，又会是怎样的呢？在那个时期，我给妈妈的信中做了这样一些描述。

1969 年 1 月 1 日，我在给妈妈的信中说：

我上中学了，12 月 2 日上中学的，四十四中学。上中学后，我们一个年级 13 个排，算一个连，一个排里四个班，我是四班的班长。学校还让我做广播员，天天早请示。我们 8 点上课的是早班，上四节课一上午，我们一共三个早班广播员。

这些天，我总在学校里，天天参加老师反右倾，还开了好几天"红卫兵"造反到底动员大会，发展整顿"红卫兵"。我们一年级新生也发展了"红卫兵"。凡申请的都要经过大家讨论，才发给"红卫兵"登记表，还要经过外调才批。

这个阶段的"红卫兵"组织，已经不是"文革"初期的造反组织，而成为中学生的"先进"组织。那时，学生中的"好学生"先参加"红卫兵"，"红卫兵"中的优秀分子才可能加入共青团。中学依然沿用了"红卫兵"这样的称号，小学的学生组织，不再叫"少先队"，而是叫"红小兵"。

1969 年 1 月 22 日，爸爸给妈妈写信说：

> 一丹上中学后，不像过去那样小孩子气了。她关心国家大事，积极参加班上的政治活动，看报纸，听广播。前些天给我出了好多题目，什么叫世界观，什么叫辩证法，等等。

的确，那时我经常在广播里、报纸上接触到"世界观""辩证法"这些词，学校课堂里没有讲，我就求教于爸爸。

1969 年 1 月 23 日，我给妈妈的信中说：

> 我们学校要和国庆小学合并，九年一贯制，由电车公司工人领导。

这里恐怕需要解释了，今天的年轻人，可能很难理解，为什么学校是由工人领导呢？"文革"期间，从小学到中学再到大学，都进驻了工人宣传队。这是"文革"期间一种特殊的存在，工人阶级领导一切，也领导着那时的学校。

1969 年 3 月 5 日，我在给妈妈的信中说：

> 我们 3 月 11 日开学，老师办学习班，我们自己上课，中学生给小学生上课，三年级已经通知准备下乡了。

这两行字，信息量还挺大。自己上课，不是自习哦，是大孩子给小孩子念报纸什么的。学生的未来已经明确：下乡。

1969 年 4 月 3 日，我给妈妈的信：

　　亲爱的妈妈：我们可能 4 月 7 日开学，听说，开学后学习 75% 的文化课。

开学的时间很奇怪，文化课的比例也很奇怪。

1969 年 4 月 24 日，我给妈妈的信：

　　我们升学后，经常练庆祝九大的集体舞，已经恢复了文化课。除了语文、数学外，还上工农业知识、军体等，很有意思。

"很有意思"，说明中学的课程让我感到新奇、想学。很长一段时间，我们没有教科书，那时没了数理化，学的课程叫："工业基础知识""农业基础知识"。俄语学的是"保卫珍宝岛""人不犯我，我不犯人；人若犯我，我必犯人"。语文也没有书，就用毛主席诗词和报纸上的社论、通讯当课文。

在那样的课堂上，我们幸运地遇到了语文老师刘惠深。刘老师的漂亮板书让我感受到汉字的美好，我们知道了，除了街头的大字报，除了轰轰烈烈的斗争，这世上还有一种东西叫才华。

借着有限的课堂教材，老师给我们讲诗词格律，讲议论文的写法。在那特定的时期，刘老师用他的智慧，尽可能地给我们启蒙。

没有教科书，更没有课外书。刘老师见我们百无聊赖，于是轻声问我："你看过鲁迅的书吗？"

他拿来一本用牛皮纸包着的书，封面上没写字，打开一看是《鲁迅小说集》。

"两星期后还给我。还书时，你要谈谈读后感。"

那两个星期，我一直在读。每读一篇，都有一个假设：刘老师会提什么问题？

还书时，我有些忐忑不安，像迎接考试。老师问："你最喜欢哪一篇？"我说："《伤逝》。"刘老师说："我最喜欢《一件小事》。"他没有考试，而是教我在思考中阅读，把我领进了一扇门。

然而，在中学，读书的时间并不多。1969年8月、9月，我给妈妈的信里总是谈劳动：

> 我们的劳动在7月30日结束。通过这次劳动，我们都经受了艰苦工作的考验。有的人，没有经得起考验，在那里娇娇气气、挑挑拣拣。

> 我们校从今天开始挖防空洞，在20日以前必须挖完。我校昼夜奋战，半个月后建成一个地下四十四中学。我们明天早4点到校去，分成四班倒，每班6个小时。我不仅要挖洞，

还要广播。

转眼进入20世纪70年代，我给妈妈的信记录了我1970年2月、3月在忙啥：

> 前些天，我去参加防空洞地下干线工程的劳动，现在已经结束了。劳动中，我们都是拼命干的，干了六七天。春节后，我们又要开始军训了。

> 全市掀起了打击反革命高潮，我们小将，又是先锋，每天很忙，开会、游斗、宣传、广播。明天就要开学了，中学实行四年制，小学，五六年级一起上中学。这样，我们从一年级一下子跳到三年级了。

现在想想，那时的学制安排、开学的时间安排都十分任性。可能一下子集体从一年级跳到三年级，也可能集体在小学滞留到七年级。

1970年5月11日，我给妈妈的信中说：

> 我们学校马上要开始劳动了，四年级到双城劳动，一部分挖地道干线，一部分烧砖，二年级也是这样。

> 我们明天就要劳动了，我们排的任务是挖地道干线，在哈尔滨市内。哈尔滨市烧砖战备工作，您知道吧？每个学生脱砖坯60块，大弟和小弟都完成了，到处都在脱坯。

> 大弟他们小学校，没有军体教师，从我们校"红卫兵"

里抽人去担任军体课小教师。我也去了，教四五年级的军体课，一周六节课，我想这项工作对我会有很大锻炼的。

大弟也是小教师，他是教一、二、三年级的。我俩都是上午自己上学，下午给别人上课，又当学生，又当先生。

哈尔滨市汽车售票员全部集中学习，我们学生"红卫兵"登车售票，我们四年级去了。各校轮换，我们下去半个月了，又要换别的学校了。

这就是我中学学业的点滴记录。那段时间，妈妈在外地，我要经常汇报，所以，我给妈妈的信成为一种记录。信中谈到学校时，更多是在谈劳动、军训、开会，很少谈到功课、考试。

这就是，1968年到1971年，一个中学生的课业。

我在想象，作为 80 后的林林，你看到当年的这些信，看到当年中学生忙活的这些事儿，脑子里会冒出哪些词儿呢？不务正业？匪夷所思？奇葩？还有这种操作？

　　你的儿子马上就要上小学了，愿他在阳光下享受他的小学、他的中学、他的大学，愿那特殊年代的荒诞远离他。

一丹姨

2018 年 2 月

琐碎的管家

晴晴：

　　你从小看我管家的方式，可能会想，妈妈基本上是粗枝大叶型。在家务上，我有时随便，有时潦草，什么东西放在哪儿，也常常忘掉。看到卖酱油的、卖醋的细分成那么多种，我心想，有必要吗？差不多行了呗！

　　可是，你不知道，有那么一段时间，我管家，真是面面俱到呢。那时，我十三四岁。

秋天里，13 岁的我在操心着家事。

在 1968 年 9 月 20 日，我给妈妈的信中说：

> 我们都很好，妈妈不要惦记。
>
> 分秋菜的统计表已经填好了，买 400 斤土豆、500 斤山东菜、100 斤本地菜、100 斤萝卜、100 斤大葱和 50 斤青萝卜。
>
> 胡萝卜和地瓜，不知道什么时候才买。

在东北，准备过冬，要做很多事，糊窗户缝啊，做棉衣啊，买秋菜啊……买秋菜是一件大事儿。

当爸爸妈妈离开家去干校、去学习班以后，机关分秋菜的事儿还在按照往年惯例继续着。所以，我们在家的孩子依然要在机关发的统计表上填写秋菜的种类和数量。

一家人，整个冬天的菜都在这里了。每样菜买多少斤，我也不会算啊，都是姥爷精心计算、仔细琢磨过的。所以我写信的时候，要把秋菜当成一件很重要的事儿，向父母汇报。

到了分秋菜那天，我妈妈工作的省公安厅机关后院一片热闹，到处堆满白菜、土豆、萝卜。有人在过秤，有人在记账。

我跑过去问："我妈去凤凰山干校了，我们家的秋菜怎么领？"

大人们指点我："看，那一堆一堆的菜，上面都写着名字。你找到你妈妈的名字，那就是你们家的菜，拿走就行了。"

于是，我在土豆、白菜之间寻觅，在大菜堆、小菜堆中穿梭，

看到一堆白菜上有一张纸，上面写着我妈妈的名字"韩殿云"。

于是，叫来两个弟弟，背的背，扛的扛，抱的抱，把这些菜运回家去。我姥爷手特别巧，他用小弟捡来的一个齿轮做了一个独轮车，把装土豆的麻袋放到车上，推回家去。

这样，老老少少，像蚂蚁搬家一样，终于把整个冬天要吃的菜都运回了家，完成了入冬前最大的事儿。

一个月以后，我又一次写信汇报说：

> 妈妈，秋菜都买完了，白菜也腌了，还腌了几样咸菜。

这些技术活儿都是姥爷做的。记得腌酸菜的时候，邻居家的小孩儿都跑来看热闹。有的问："腌酸菜，放醋了吗？"

我和弟弟帮姥爷忙活的时候，学到了腌酸菜的方法：把一棵一棵菜，一圈圈码在缸里，放一点儿盐，放很多水，上面压上一块大石头。

在爸爸、妈妈、姐姐远离家的日子，我成了管家。我负责写信和爸爸、妈妈、姐姐联系，经常一连写三封。那段时间，给妈妈的信，经常说着特别琐碎的家事。

比如在 1968 年 11 月 11 日，我给妈妈的信中这样写道：

> 姐姐来信，让我给她邮去毡袜，买个口琴、一双手套，再补两件破衣服，干活穿，还要乒乓球拍。我都买了，明天去邮。

> 妈妈，你捎来的衬衣可大了，我又给小弟买了一件线衣，两元钱，把小弟的给大弟一件，把大弟的给我一件。我的，用毛巾做的那件给姐姐邮去。这样，就正好，我穿大弟的小一点点，大弟穿小弟的正好。

妈妈，前天，我用一天时间给大弟做了一副手套。做得比去年好，就是太瘦了。我打算给自己做一双像你做的那样的手套。

爸爸让我给你买双毡袜，我买了，有人去凤凰山就捎去。姥爷说，给弟弟买棉胶鞋，如要票，你就别买了，我姐那儿买鞋不要票。

在 1969 年 1 月的一封信里，我又跟妈妈说：

姥姥回来，拿回来 90 斤粮票，给您捎去 60 斤。

姥姥把我那个花大衣染成黑的，给小弟穿，很好。棉花和线都买了。咱家大块补丁都给姐姐邮去了，头巾，姐姐也带去了。

姥姥的一条裤子给您捎去。姥姥的头巾也给您捎去，姐姐的衣服都带走了。给您邮去您的一件衣服和 7 尺布票，7 尺布票能做一件衣服。还捎去一条肥皂，黑白线各一格。

当时，我很发愁的一件事儿就是，怎么能让两个弟弟干干净净地出门。大弟还好说，他从小就知道干净，小弟就不一样了。

1968 年 9 月 20 日，我在给妈妈的信中告状：

小弟上学了，一点儿也不听话，一天弄得埋埋汰汰的，自己不洗脸、不洗手。别人给他洗，他还打别人。

　　他鼻子不知道长什么了，总是流脓、流血，手上的疮还没好。

　　我能做的，就是晚上把疯玩一天的小弟抓来，强行把他的手摁在热水盆里。嘴里一边恶狠狠地训斥他，手里一边恶狠狠地搓他的脏手。男孩子的手，不知都抓过什么、蹭过什么，黑乎乎的，长满了皱。我就一点儿一点儿地，使劲儿地给他搓。搓完了，再用蛤蜊油使劲儿给他涂抹上。

　　第二天，看到弟弟的手干净了、滋润了，我可满足了。可是到了第三天，小弟的手又黑乎乎的了。

那时，我心里经常想，什么时候，小弟能够自己洗手、洗脸、洗脚呢？那成了我当时的一个盼头。

那时，洗衣服是家里的一个大活儿，给两个弟弟洗衣服都是要用搓板、用肥皂、用冷水。每次洗完衣服都要动针线，缝扣子，补补丁。

看到弟弟穿上干净、整齐的衣服，我才觉得踏实。这是爸爸妈妈希望我做的。

后来，姥爷对妈妈说："你家小一丹，洗衣服太勤了，把衣服、床单都洗坏了！"

今天看起来，那些信写得如此琐碎！晴晴，你姥姥曾经担心："小一丹这么热衷于家事，将来会不会没啥大出息呀？"

今天，我之所以不厌其详地把这些呈现出来，是因为这琐碎家事里有一种独特价值。这是一个十三四岁的"管家"，在那个特殊的年代里所做的事情，而爸妈不在家的经历，在"文革"年代也不仅仅是一个家庭的经历。

如果说"票证年代""紧缺经济"这样的大词儿离你有点儿远，那，这信里的民间琐碎记录，可能更能让你理解那个年代吧？

妈妈

2018 年 1 月

一个男孩的流水账

静静：

　　这是流水账。

　　是一个家庭 1968—1972 年的片断记录。

　　是一个男孩从 10 岁到 14 岁记下的生活点滴。

　　是一个儿子在信里对爸爸妈妈的汇报。

　　这个男孩，就是你爸。

天凉了，我们姐弟三个和姥爷在不安中迎来了1968年的秋天。

爸爸、妈妈和姐姐先后离开家，爸爸去了学习班，妈妈去了干校，姐姐成了下乡知青。以前都是大人张罗的事儿，今年可咋办？

在东北，买秋菜关系到家家户户一整个冬天的日子。我和弟弟不约而同地开始操心了，在同时期的家信里，我们都关注着这件事。

1968年9月20日，10岁的大弟给妈妈的信中写道：

> 姥爷说，土豆买400斤，山东菜买500斤，卷心菜买100斤，大萝卜，100斤。

可见，姥爷是主心骨，我们几个孩子，从7岁到13岁，也没管过家，还算不出一个漫长冬天要吃多少菜。

1969年元旦，大弟在写给妈妈的信中说：

> 三姨来信了，她邮来50斤粮票，还有十元钱，是给我们新年买东西的。

三姨是冬天里给我们带来温暖的人。我妈的工资一度停发了，在最艰难的日子里，她从有限的工资里，从家人的饭碗里省出钱、粮，多次帮助我们。

1969年1月20日，大弟在给妈妈的信中说：

> 姥姥给我做了一件衣服，给小弟做了一条裤子，给大姐

做了一条裤子，明天给她邮去。还要给二姐做一件衣服，现在还没有做呢。

爸爸这个月给家 100 元，奶奶这月不要了。姐姐在那儿很好，她前些日子邮来 25 元钱，给奶奶 10 元，家里还有 15 元。

快过年了，姥姥给我们做新衣的时候，一定是心神不宁的，因为当时我妈已经失去了自由。

钱的事儿，可能是姥爷口述，大弟写的，为的是让妈妈放心。

过年，爸爸、妈妈、姐姐都不能回家，大弟又开始操心年货了。这时，他不到 11 岁。

一年又一年，还是我们几个在哈尔滨过年。

1970 年 2 月 4 日，12 岁的大弟在信中说：

妈妈，春节就要到了，春节的年货都买全了，我还买了一百个鞭炮。

春节，爸爸他们不放假。

今年春节一户给一只小鸡。五姨家的小鸡不要了，咱给买来了。她家的粉条，咱家也买来了。

买这凭票配给的年货，也是大事儿，排队，排长队，大家眼巴巴地看着一堆大大小小的冻鸡。终于排到了，售货员拎起了一只瘦小的鸡，大弟不作声，往后退，等着下一只。不管怎样拥挤，

不管怎样冷眼，执着的男孩终于等到一只看得过去的鸡，俺家除夕的年夜饭有底了。

弟弟买的鞭炮是最小的那种，不会给他买中鞭和二踢脚的，那太贵了。那时也不买春联，嗯，好像也没有春联了。

1970 年 7 月 31 日，大弟给大姐的信中说：

现在经常是我做饭，哈市的香瓜下来了，但是还很贵。西瓜现在有的是，一毛钱一斤。

1972 年 2 月 10 日，是大弟 12 岁生日，他给大姐的信中说：

过几天就要过年了，家里的年货都买了。

咱们哈尔滨，一个人可以买半斤鸡蛋、半斤大鱼、半斤小鱼，一户1只小鸡、半斤粉条、半斤花生，一个一个都是"半"。

另外，公安厅过年也分了30斤大米，还有15个鸡蛋，2斤牛肉。

"一个一个都是'半'"这句话写得挺有意思，不知大弟当时咋想的。这么详细地列出年货，看得出，心里相当珍惜，非常在意。

唉！这一年的年货，也真够可怜的了。这是年啊！平时呢，就更可怜了。平时是见不到花生的，邻居家阿姨是列车员，跑济南的车，带回花生来。她家女儿吃着，我们都睁大眼睛：她家有花生！

信中写到的"公安厅"是我妈的单位，还好，我妈被安排下乡了，福利还保留着。

1972年4月，大弟在家信中说：

妈妈走了以后，我们包了两次饺子。包饺子的原因是，爸爸说，吃了饺子，我们就不想妈妈了。

从信里，看出了什么？

静静，不同的人看这些流水账，也许可以从不同角度看出不同的东西吧？

譬如：1968—1972 年的东北百姓民生，特殊年代"留守"少年的状态，春节市场供应情况。

而我当姐姐的，在大弟的信中，还读出一种不安全感。

钱、粮票、衣服、鸡、鱼、花生，这些东西，今天还有，明天就可能没了，所以，那么在意！当年，那小男孩小心翼翼的、仔仔细细的样子，让人心疼。

一丹姑姑

2018 年春节

假如没有姥爷

林林：

　　给你说说我姥爷的故事吧。

　　我的姥爷去世时，你才 3 岁，你可能不记得了。

　　那时，我在北京读研，遥望东北，默默流泪，向姥爷致哀。

　　在我们姐弟小时候的家信里，总会出现"姥爷"。这么多年过去了，姥爷带我们走过的日子，仍在眼前。

我姥爷来了。

那是让我惶惑的 1968 年秋天。

那一年，在几个月之内，妈妈、爸爸、姐姐先后离开家，爸爸去了学习班，妈妈去了干校，姐姐成了下乡知青。每走一个人，家里就空一块，我一点点失去了安全感。家里只剩下我和两个弟弟了，我 13 岁，大弟 10 岁，小弟 7 岁。

那日子怎么过呢？这时，姥爷来了。

姥爷是个大高个儿，但背有点儿弯了；浓眉大眼，但眼角垂下来了。

在接下来两年的时间里，我和弟弟们写给妈妈、爸爸、姐姐的信里，总会提到：

> 我们很好，姥爷也很好；
>
> 姥爷不咳嗽了，身体很好；
>
> 姥爷给买香瓜了；
>
> 我以后一定多干活，不让姥爷生气；
>
> 姥爷前几天肚子难受；
>
> 姥爷在，我们都不太觉得寂寞。

1970 年 2 月 4 日，我给妈妈的信：

> 妈妈，你给姥爷做一身能套棉衣的外衣吧。姥爷在咱家很辛苦，每天做饭，姥爷的衣服有的地方都可以照见影了。

如果家里有布票，我一定给姥爷买。

家里过紧日子，姥爷先给我们立了规矩，花钱得报账。

记得那时，姥爷派我和弟弟们出去给家里买东西，姥爷估摸着预支些钱。等我们完成任务回来，酱油多少钱，醋多少钱，得说清楚，找回来的零钱都得交给姥爷。

有时，找回一分钱，心想，姥爷不会要了吧？但姥爷还是会问："找的钱呢？"姥爷不识字，只认识数字，却会打算盘，记账靠心记、心算，脑子特好使。

两年后，妈妈终于回家了，姥爷把攒下的 200 元钱交给了妈妈。妈妈意外，日子这么紧，怎么会攒下钱呢？姥爷说："就是怕你们再停发工资，孩子们得吃饭啊！"

姥爷有时晚上喝一点点白酒，但从来没有什么下酒菜。冬天里的一天，我给他买了一点儿粉肠，让他喝酒时切上几片。可那天回家掀开锅盖，闻到一股香气。原来，姥爷把粉肠和白菜炖在一起，都给我们大家吃了。那天，吃得很香，心里却很难受。

家里有了大人，我们姐弟有了主心骨、有了安全感。可是，我没想到，姥爷也会失去安全感。

那次，家里遭到搜查，我蒙了，姥爷也蒙了。老的、小的都不知发生了什么事，都不知妈妈在干校为什么失去了自由。姥爷看着他们翻箱倒柜，眼睛里充满了不安。他默不作声，从此，落下一个毛病，头不自觉地晃动，很久都没有好。

1969 年冬，我妈妈被派到黑龙江的呼玛县工作队，那里冬天常常零下 40 多摄氏度。姥爷时时惦记着她，常会在我们写信时，坐在旁边，说上几句，让我们写上。

12 月 12 日，大弟写给妈妈的信，带去姥爷的嘱咐：

> 妈妈，姥爷说："你要是上哪儿去坐马车，拿纸把脚包上。买一个新鞋垫留着，等坐马车的时候，再垫在鞋里。省得冻脚。"

那时，姥姥时常要去舅舅家，姥爷就一直守着我们。我隐隐能感受到姥爷的寂寞。

太阳照着窗子，窗框在墙上留下影子。太阳升起，落下，影子随之变化。姥爷常常看着墙上的影子，说："你看，影子到这儿，是 10 点。过一会儿，到那儿，就 11 点了。"

姥爷看着那日影慢慢移动，心里在想着什么？也许想，他的女儿有难，不知何时回家；也许想，他这大半辈子遇到的难。

姥爷 12 岁就出门为家里谋生了。他说："那以前，脑子像一盆清水似的，可好使了。后来在大车店打工，没白没黑，迷迷糊糊的。"劳累、贫困、战乱，伴随他的大半生。

　　姥爷从小失去上学的机会，他当了父亲以后，再穷也供孩子上学，不论儿子、女儿。我妈在学校得了奖状，拿回家，我姥爷高兴的啊，一边把奖状贴在墙上，一边夸着：看我大闺女！

　　他曾对子女说："我就是拿着棍子要饭吃，也要供你们念书，长大了能看书就行。"可是，自己不识字，是他最大的遗憾。

　　我看书，他抽着烟看着我。过一会儿，他说："一丹，你给我念念。"我于是念给他听，忘了当时念的啥书，姥爷听了一会儿，说："别念了。"可能，他听起来没啥意思，他想听的是啥呢？也许是评书、唱本、老故事，杨家将、水浒一百单八将什么的。可那时，那些适合他听的东西，都成"毒草"了。

有了姥爷，我们的日子就好过了。不论是穷日子还是愁日子，他都能找出乐儿，他从年轻时就是这样。我妈妈曾写道：

小时候，爹赶马车风尘仆仆地回家，一进院就喊："大丫头，车上草里有花！"原来，他在草甸子割草的时候，遇到野花，就留心割下来，捆在草里带回家。因为，爹有七个孩子，五个是闺女，爹知道，闺女喜欢花。

闺女闻声奔来，把草捆打开，野百合！黄花！蓝雀花！闺女一枝枝挑出来，找几个瓶子、罐子，装上水，乐乐呵呵地把花插起来，贫寒的家里立刻就亮堂起来。

爹看着花和女儿说："好看吧？"女儿看着花想，爹奔波养家那么累、那么苦，还有心思给女儿采花！

果然像我妈说的，姥爷把愁日子过得也挺有趣。

"冰棍——3分钱冰棍——"

吆喝声刚落，就听小弟在院子里冲着四楼阳台大喊："姥爷！姥爷！"

望下去，小弟正伸出三个手指头，充满期待地看着姥爷。姥爷就随手用夹衣服的小竹夹子夹上 3 分钱，朝小弟扔下去。小弟的目光紧盯着"目标"，飞快捡起，奔向冰棍！

有的时候，姥爷会逗一下小弟，他用竹夹子夹上小煤核儿扔下去。小弟不知有诈，跑去，捡起，兴奋，失望。楼上楼下逗着、乐着，然后，姥爷再扔下去 3 分钱，看小弟欢天喜地、心满意足地吃冰棍。这成了爷孙俩的游戏，老少都挺乐呵的。

姥爷不识字，却有见识。

日本侵占东北时，姥爷对孩子们说："咱们是中国人，不是伪满洲国民。"学校强制学生学习日语，姥爷却说："日本话不用学，再过两年就用不着了，小日本是兔子尾巴长不了。"

"文革"时，他看着毛主席和林彪的照片说："林彪是奸臣。"我听了吓一跳，问："你咋知道？"他说："你看吧！"那时，到处都在喊"永远健康"。后来发生了 9·13 事件，我想起这事儿，姥爷不识字、不开会、不看报，是非忠奸，他怎么看出来的？

姥爷平常唠嗑传下来的话里，更有着民间的智慧：

苦是人受的，亏是人吃的；

穷也不泄气，富也不张狂；

人在难处拉一把；

遇到灾难时，要退一万步想，和更糟的事比，就想开了；

愁眉苦脸也是活，欢欢乐乐也是活；

人心要大，什么都能装得下。

姥爷去世的时候，爸爸给我写了一封信：

姥爷去世了，大家都感到悲伤、想念。不过，已经 81 岁的人了，临终时又是那样安详、平静。人们说，是喜丧，的确也是这样。

现在，我们记着姥爷的好处，经常想着。我和你妈妈被"改造"的几年中，姥爷领着你们仨过，那时的记忆，应该是特别深的。

记得有一张画，名叫《父亲》，画的是一位老年农民，满脸皱纹，可是眼神里看出是那么和祥、慈善，充满了希望。对这幅画你可能也记得，可惜手头找不到了。

我常常想，姥爷，就是那样的人，他就是，朴素而又倔强的人。

在困难的时光，和谁在一起，那个人留下的记忆就会是刻骨铭心的。

林林，你想，假如没有我姥爷，那些日子会是什么样儿？那一定是愁云笼罩的日子，我和弟弟们的性情可能是忧郁的、胆怯的、缺少安全感的，甚至是扭曲的。

幸好，有姥爷在，我们度过了那一段难忘的岁月。

我姥爷——你太姥爷的名字叫：韩忠堂。

一丹姨

2018 年 1 月

在书库一角，
我的犯罪感

雯雯（姐的孙女）：

你看书的样子，真好看。

尽管你现在才 3 岁多，看的还是童话，但你会越来越爱读书的。

你的书那么多，只要你想看，你的爸爸妈妈、爷爷奶奶，任何一个家人都会乐于给你买。

等你成为少女时，去书店、去图书馆，那将是更美的你。

我小时候，可没这么幸运。

上中学时，每天上学都路过黑龙江省图书馆。

图书馆大门紧闭，像个空城。

"文革"早期，烧了多少书？禁了多少书？不知道。

路过省图书馆时，我在猜想，里面什么样？还有什么书？

大约在 1972 年初，一位同学悄悄招呼几个女生：她的邻居是省图书馆的工作人员，想找几个学生到省图书馆义务劳动——整理图书。

我们去了。彼此心照不宣，可以进图书馆啦！可以进书库啦！也许还可以带书回家呢！这是最吸引我们的。

我被安排到社科书库。那是一个很大的地下书库，书架顶天立地。书库封闭很久了，散发着书和灰尘混在一起的味道。我们按照工作人员的指点，挪书，上架，摆书。

这个书库有好多苏联的书，理论的，历史的，看不懂。还有几大排书架是文学类的，这里是最吸引我们的。我第一次看到这么多书：《安娜·卡列尼娜》《战争与和平》《静静的顿河》《红与黑》《简·爱》……

我们先是好奇，然后悄悄交换着眼神，这不都是"毒草"吗？！

收工了，图书馆允许我们带一两本书回家，还嘱咐：不要告诉别人。我们有点儿兴奋、有点儿窃喜，这成了我们几个同学间

的秘密。

　　晚上，从书包里拿出这些被批判的禁书，好像打开了另一个世界。就这样，我在那非常的年代，以这样的方式触摸到了书海的边缘。

1972年3月，爸爸给妈妈的信：

> 一丹还是每天去图书馆半天。

从这短短一句话可以看出，天天去图书馆，已经是那时的常态了。

在书库一角，我发现，一大堆书杂乱地放着。这些书的版本各式各样，封面引人注目，仔细看，都是美术类的画册。翻开来，油画、素描、雕塑、教堂的穹顶画，还有摄影作品。眼花缭乱中，我看到了大卫、维纳斯的雕塑，还看到了裸体的素描——裸体的！

我呆住了，眼睛看着画面，心里却在想：我能看吗？该看吗？这是不是犯罪？

心怦怦跳着，看看周围没人，又翻开两本。隔天有机会，又去翻两本。

我在文字说明里认识了艺术大家的名字，感受着世界名作的魅力。我情不自禁地被这些画册吸引，却不敢和人谈起，说不清那画册里的作品具有怎样的魔力，我偷偷摸摸地去看了一次又一次。

在那样的日子里，我是带着犯罪感去看这些美术作品的，因为据说它们是有毒的、有害的、丑陋的，是被禁止的。看了

它们，心理是不健康的、不干净的、不应当的。

后来，有同学悄悄问：

"看过那些画吗？"

"嗯，你呢？"

彼此一问，原来，女生们都悄悄地去看过了。

很多年以后，我已经人到中年，在意大利，在希腊，我看到了那些美术作品的原件。站在那些作品面前，我热泪盈眶。多年前的情景回到眼前，重新唤起的不仅是视觉的记忆，还有嗅觉记忆。

我好像又闻到了黑龙江省图书馆书库里书和灰尘混在一起的味道，我好像看到一个女生怯生生地走近那些作品的样子，我看到了曾经的年代、曾经的自己。

我为那时的自己委屈。那时，正年轻，我本该在那美好的年华里，在阳光下尽情享受这些文化珍宝。而在那年代，我却只能以那种心情、那种方式偷偷接近。

即使是这样，我在同龄人当中也算幸运的，还有很多人，连走近的机会都没有。

中学毕业，我准备下乡去了。我有些舍不得图书馆。1972 年 7 月，我与父母商量下乡的事，我在信中写道：

> 我到清河去下乡，离开图书馆，使我觉得很遗憾。我原打算在图书馆好好学学的，但我又想，参加了工作，书是少看了，可是能更多地学习活的东西，有哪个人是光靠看书学会了做事和工作呢？我想我到清河去，在工作实践中，可以学到在图书馆里学不到的东西。

尽管不舍，也得走。于是，我在林海里开始了知青生活，也经历了书荒。那时，格外想念黑龙江省图书馆。

十六七岁时的这段经历，一直藏在我心里。

60岁的时候，我见到了黑龙江省图书馆的馆长，讲起了这段往事。不知这是第几任馆长了，他说："现在，新图书馆更大、更现代，去看看吧！"我却还是更爱那老图书馆，尽管它已经改作档案馆了。

　　那天，又一次走近老图书馆，它在文昌街新起的楼群里，已经显得不那么高大了，但这座俄式风格的建筑依然高贵着。它那浅灰的墙，它那典雅的钟楼，它那宽大的门窗，都在。那地下的社科书库呢？

　　门卫看我徘徊，问："找谁？"

　　我心说：找一个记忆。

我们这一辈，经历过书荒，经历过精神饥渴。雯雯，将来，你会理解吗？现在拿着五彩缤纷的书给你讲故事的时候，我经常想，我们小时候怎么没有这样的书呢？

在阳光下读书，以阳光的心情走近书，雯雯，你会更幸福。

一丹姨奶

2018 年 2 月

铁字 409
信箱 214 分队

林林：

一看标题，有点儿蒙圈吧？啥意思啊？

告诉你，这是你妈当知青时，在黑龙江生产建设兵团的邮寄地址啊！"铁字"，是指兵团四师。当时，兵团六个师，代号分别是：建、设、钢、铁、边、疆。

前些天，我跟你妈唠嗑：

"姐，214 分队是指你们连吗？"

她很惊讶："你怎么还记得这个？"

一直记得呀，我怎么忘得了？那几年，我给这个地址写过多少信啊！

我姐海燕离开家去下乡当知青时，16 岁。那正是上山下乡高潮中的 1968 年，那时能成为军垦战士是很符合潮流的事情。

迁户口时，当那红色的"注销"印即将盖在户口本上，户籍民警问我姐姐："不后悔呀？"姐姐决然道："不后悔。"

当时，我妈正在北安的凤凰山干校"黑帮"队接受改造。姐姐打长途电话告诉妈妈自己即将下乡的消息，问妈妈能不能回来。妈妈正在批斗会场，被叫出来接电话，接完电话，就回到批斗会场挨批斗去了。直到出发，妈妈也没能回家。临行，姐姐写信给妈妈：

妈妈：

您好！爸爸和姥姥在厨房给我包饺子呢。我给您写信，今天我就要离开家、离开学校、离开城市，到生产建设兵团去，改造思想去。新的生活就要开始了，我的心情是没法形容的。

昨天回家来，我哭了一场，很舍不得离开家，离开姥姥、姥爷、妹妹、弟弟。我想时间长了就好了，乍一离开，有些舍不得是必然的。

我都 16 岁了，像我这么大的，走了许多了。再过两年，我就 18 岁了，我能独立生活，能照顾好自己的。妈妈，您放心吧，我一定会像您那样，像我的名字那样，勇敢、坚强，做大无畏的革命战士。

从今天起，就要迈出学校的大门，再也不是天真的学生了，我就是一个大人了。妈妈放心吧，不要惦念我。

我现在很高兴，中午12点到校集合，3点的火车。想想

就要离开家、学校、哈尔滨，到军垦去了。妈妈您不要惦念我，为我走上毛主席指引的革命道路而高兴吧！

再见了，妈妈！

海燕

1968 年 10 月 16 日

几个小时以后，在中山路上，当姐姐他们排着队一路唱着歌走向火车站的时候，我几乎是仰望着他们的，他们那样英姿飒爽，那样义无反顾！

只见这些刚摘下"红卫兵"袖章的兵团战士，身着草绿棉军装，有几分臃肿。扎着皮带，戴着军帽，又有几分精神。

我羡慕极了，可我一转脸，看见姥姥撩起衣襟在擦眼泪，小弟弟不知愁地骑着一棵向日葵秆跟着队伍跑。

同一天，爸爸给妈妈写信：

海燕走了，我是送到车站的。不让亲友进站台，我到处跑，挤了进去。海燕和刘桂芝在一个窗口，正在到处张望，看见我进站台，非常高兴，招手，一直到车开动看不见。

对于她的下乡，我思想上也挺矛盾：响应党的号召，我支持她；但又惦记她年龄小，总觉得做父母的，没有尽完自己应尽的责任，就走了，心里滋味不太好受。

送别的时候，爸爸把一支英雄100号铱金笔塞给他的长女："给家写信！"接着，全家开始盼信。

三天以后，爸爸又在给妈妈的信里谈着女儿：

海燕走了，这几天，我思想上总是翻来覆去，放心不下。也许，接到她回信就能够好转。

前天回呼兰，路过哈尔滨车站，还有一群群学生在等车，一个个稚气的脸上充满着对前途未来的希望，都像海燕似的。

就在这里，两个月前，你和燕送我来呼兰。一个月前，我送你去凤凰山。一天前，又送海燕去密山。我的眼睛有些湿润。

知青，都是上山下乡，去哪儿，却有差异。在黑龙江，军垦兵团处于边疆，地位重要，属于一线主流。政审通过，才能去军垦兵团。

我爸当时被要求离开任职的哈尔滨市公安局，在公检法军管会学习班集中学习。他曾为政审忧心，他给妈妈的信中写道：

海燕很担心报军垦不能批，说到市局去外调了。现在批了，她很高兴，我也很高兴。如果我有什么问题而耽误了孩子的前途，那心里该是多么难受啊。为了孩子，我也要努力的，要好好改造自己、改正错误，不要成为孩子的一个包袱。

姐姐当了知青以后，给爸爸的第一封信，这样写道：

我16号那天上了火车，火车开了，车上许多同学都哭了。我也看见您跟着火车跑了一段，但我一直没哭。

傍晚，火车上，我给大家读报纸，学习《红旗》杂志第三期社论，和毛主席吐故纳新的最新指示。

第二天早上8点，到了密山站，下了火车，就坐汽车，一个多小时，60多公里路，来到855农场总部。

在路上一直没有哭的姐姐给妈妈的第一封信，这样写道：

我们这里没有电灯，每天晚上同学们在一起，有时候也谈自己的家、爸爸和妈妈。有的说，她走前好几天，她妈就哭。有的说，她走前几天，就和她妈一个被窝睡觉。我说什么呢？只好说："我走，连我妈的面都没有见着，我妈还不知我来密山的事儿呢。"

每当她们谈论妈妈的时候，我都很难过。妈妈，你还在凤凰山吗？我走的时候连看都没有看你一眼，走以前，爸爸和姥姥他们对我都好极了，这更使我想起了你，要是你能在家该有多好啊。

我被分配到16队。我们睡对面大炕，一个炕10个人，我们共有19个女生都在一个屋子里。

这几天忙，就全天都劳动，有时扒苞米，有时下地往车上装苞米。还有一个下午，我们4个到盖房子那里帮忙，往上扔土坯，还把手指头给砸了一个小口子，现在好了。

在给爸爸的信里，年轻的军垦战士汇报说：

我在这里情绪很高，没有想逃的思想。我们校的一个男生，他一看这条件就闹着要回去，说自己有病，现在已经走了。还有一个闹着要上八队，八队条件好。还有一个男生哭了。

对这些人我是瞧不起的，为什么要找好地方呢？越艰苦才越好呢！其实，这儿并不算是什么艰苦的，每天都吃大馒头，每天早晨现成的热水洗脸。

我在这里情绪很高，没有想逃的思想，已经下决心，一辈子扎根边疆。有时也想家，特别是晚上，但一学习和干活就好了。我们每天早上4点起床，军训，跑步。

我姐就这样开始了持续5年的知青生活。

先前爸妈走了，现在姐走了。我成了家里最大的孩子，看着两个弟弟，我心里更空了。1968年10月23日，我在写给妈妈的信里说：

姐姐走了以后，我很想念她。

丽姐（表姐）、涛哥（表哥）、二姑夫都要走了，二姑夫去了桃山，丽姐去黑河，后天走。涛哥明天走，是引龙河农场，二姑家只剩下奶奶和老弘（表弟）了。

1968 年秋天，一个接一个，大孩子们都下乡了，很多人家的父母都去干校了。四下里望去，我的心越来越空了。

林林，你的小伙伴的家长多半都是知青吧？咱家的亲人里，也有好多知青，你妈、你爸、你姨、姨夫……七大姑八大姨，生于 20 世纪 50 年代的，多半都是知青。

每个知青都有故事，有的让你哭，有的让你笑，有的让你想，有的让你问。你要是有兴趣，身边的老知青能给你讲出好多故事呢！

一丹姨

2018 年 2 月

买灯泡记

大阳阳（姐的孙子）：

等你能看懂这个故事得等多少年？

我有耐心等，你今年上小学吧，到三四年级，认的字足够多了，就能读下来了。

当然，真的读懂，还得再长大些。

这个故事的主人公是你奶奶，等你真读懂了，你就更理解你的奶奶了。

其实，现在认好多字的哥哥和姐姐也未必懂呢。毕竟，太久远了。

1970 年 6 月，北大荒一片浓绿。我姐海燕下乡到黑龙江生产建设兵团已经一年零八个月了。29 日，她给家写信说：

> 爸爸，妈妈，告诉你们一个好消息，我们就要点电灯了。从今天开始架线，不久的将来我们就有电灯了，这里买不到灯泡。

买不到灯泡？这是什么情况？那是"文革"第 4 年，经济状况堪忧，什么都要票，不仅粮、油、肉、蛋、糖要票，布、鞋、肥皂、自行车、缝纫机、暖水瓶也要票。有的东西，有钱、有票也没有货，例如灯泡。

我那时总听到一个口号：抓革命，促生产。可是我弄不明白，不知是灯泡厂的工人都去闹运动了，还是没有做灯泡的材料，还是做材料的工人也闹运动去了？

那时，电影里有一句著名的台词："面包会有的。"我想，等到姐姐他们把电线杆竖起来，电线拉起来，总会有灯泡的。

从夏到秋，从春到冬，一年多时间过去了。

1971 年 11 月，海燕下乡三年了，她给家里写信说：

> 连队已经点上电灯了，食堂，连部，还有家属家，都安上了。就是青年宿舍一个也没有安上，因为没有灯泡。眼看着灯头，就是没灯泡。爸爸能给弄来灯泡吗？

为什么灯泡的事要向爸爸求助呢？

那时，我爸爸结束了公检法军事管制委员会学习班的集中学习，没有回原单位哈尔滨市公安局，而是莫名其妙被分配到市百货公司工作。

大家都不理解，海燕尤其不理解，爸爸为什么要去百货公司？她曾言辞激烈地说："怎么到那里去了呢？！商，真烦人！"

不过，现在，面对着灯泡的难题，真得求助于"商"，也许"商人"爸爸还能帮上忙。

我姐姐又在连续几封信里商量关于灯泡的事：

> 今天，连长说，如果确实能办的话，连长到团里办证明，没有证明是买不了灯泡的。

> 如果能在哈尔滨买到灯泡，马上就批我假。能回家，我高兴极了。

我们都不知道爸爸是怎样奔忙的，反正姐姐得到了一个肯定的消息。于是，姐姐回哈尔滨买灯泡了。

那是一个惊喜！先前，她每次回家探亲，都是让全家期盼很久的大事，这次因为要给连队买灯泡，公私兼顾，是一个偏得（意外获得）。

那些天，灯泡成了家里的热门话题，它点亮了全家人的热情。我盯着亮晶晶的灯泡里奇妙的钨丝，心想，世界上怎么会有灯泡这样美好的东西呢！

　　回趟家真不容易，我姐回哈尔滨的任务不只要买灯泡，还要为连里买焊条。看看这两样东西，一个很轻，但易碎、怕碰，一个很重很重。好在，东西都买到了，我们七手八脚地送姐上火车的时候，我替姐发愁，这一轻一重撞在一起咋办？接下来，火车到密山后，姐姐下车时，那么陡的台阶，怎样把那焊条和灯泡拿

下车呀？

火车开了，惦念开始了。

几天后，姐姐来信了：

回来的火车上，我把焊条提包用绳捆在一起，像背包一样背下来的，沉极了，有100多斤。我想咱家可能除了我谁也背不动（爸爸也在内），我自己背着都站不起来，得让别人帮助才能站起来。不是吹，力气还是不小的。

车上，有一个我们团附近公社的人，好像是个干部，在密山下车，全靠他的帮助，不然我是出不了站台的。另外，车上的乘务员也帮助我拿下车（不过，让他给拿去一个灯泡）。

命好，正好又碰到了小江，就坐他的车回到团部。风大极了，冷得像刀刮一样。正好，他们都在团里开会，等来车，就这样顺利地回到了连队。

可以想见，那些空了许久的灯头终于拧上灯泡的时候，姐姐的眼睛也一定跟着亮起来了。这些在城市里从小伴着电灯长大的知青，又在北大荒亲近了电灯。那灯泡的光芒，温暖了我19岁的姐姐。

也许，大阳阳，等你长大了，灯泡也不常见了，现在不是越来越多地用 LED 吗？比 LED 还新的光源也会出现。新的光源将照亮你。而你奶奶那灯泡，一闪一闪，像一个遥远的童话。

一丹姨奶
2018 年 1 月

妈妈教我
做针线活儿

小雪：

　　你会做针线活儿吗？现在，你们80后也不用做针线活儿了吧？

　　一个90后对我说："我没见过布票，没见过布，只见过衣服。"

　　现在，针线活儿——女红也不是女孩的必修课了。

　　而我当时是这样学的。

八九岁的时候，我接过妈妈递给我的一块手绢大小的布。我很好奇。在那块布上，我妈妈松松地缝了几只扣子，剪了几个三角口子，还绷上了几个小块布。

妈妈同时把另一块这样的布交给我姐姐。妈妈说："你们要学着做针线活儿。这样缝扣子，两个孔的扣子，这样……四个孔

的扣子，这样……三角口子，要这样对着缝。这小块补丁，方形的、长方形的。针脚，要缝得密一些，转角可以是方的，也可以是圆的……"

妈妈一边拿着针线给我们做示范，一边仔细地告诉我们要点。我和姐姐都觉得很好玩，各自拿起了针线，纫针，戴顶针，学起了针线活儿。就像做手工一样，就像玩儿一样，我们学会了钉扣子，学会了缝三角口子，学会了缝补丁。

几天后，我俩像交作业一样，把这针线活儿交给了妈妈。妈妈说，教我们这些针线活儿，不是让我们玩。她说："享福不要学。吃苦是要学的。学会做针线活儿，这些都是有用的本领。"

那时，我还没有想到，我会怎样用到这些本领。

到了我13岁的时候，两个月以内，爸爸和妈妈分别去了学习班和干校，姐姐也成了下乡知青。当我要管家的时候，小时候学的针线活儿真的派上了用场。

那时，俩弟弟，一个10岁，一个7岁，每次给他们洗衣服之后，几乎都要动针线，不是掉了扣子，就是刮了口子。那个时候，买衣服、买布、买线都需要布票，衣服显得特别珍贵。

妈妈整理旧信时，发现我在1968年至1970年间给她的信中总是提到布票：

今天发了布票。

三姨给寄了 10 尺布票。

7 尺布做一件衣服。

我给姐姐寄去了布票。

给您寄的布票收到了吗？家里没有布票了。

有一段时间，妈妈在干校失去了自由，她的工资也停发了，我和弟弟们更没办法添置新衣。于是，缝补衣服就成了我经常要做的事儿。

那时，我也算是正在妙龄，可经常穿着爸爸穿旧的、肥大的、四个兜的蓝布制服。

哈尔滨的冬天太冷了，我和弟弟们都没有衬裤，就那样光着腿穿棉裤，冷风嗖嗖地灌进裤腿里，我真想有条秋裤！

我在家里翻箱倒柜，找到妈妈的一条旧秋裤，它原来可能是白色的，已经泛黄了，太破旧了，可能是留着准备当补丁的。我摊开来看，尽管秋裤破了很多洞，我还是相信，凭我补衣服的本事能把它补好，那样我就有秋裤了。

那个冬夜，姥爷和弟弟们都睡了，我在灯下，拿出针线笸箩，打开补丁包袱，开始补裤子。我盯着眼前旧秋裤上的大窟窿、小窟窿，一针一线，针脚细密。夜深了，不知补了多少补丁，困得我眼睛都睁不开了，终于一个洞也没有了！

我满怀希望地以为大功告成了，可是一试，竟穿不进去了！原来，我用的补丁是旧棉布，是没有弹性的，针织秋裤原有的弹性在一块块补丁的禁锢之下也没有了，所以我穿不进去了。唉，当时，妈妈没有教过我。

我懊丧极了，望着窗外，漆黑一片的楼群，没有一户人家有灯光。我真的想哭了！但，还是忍住了，哭有什么用呢？

1969 年 1 月 1 日，我给妈妈的信：

亲爱的妈妈：

我非常非常高兴，棉背心收到了。棉背心我们穿都很合适，我们都特别高兴。

妈妈做了 4 件棉背心，4 个儿女每人一件。那是用我和姐姐小时候的棉绒大衣改的，红色和粉色相间的格子，软软的，暖暖的。妈妈的针线活儿很好，针脚细密，很多地方是多块布拼接的，非常平整。我在给姐姐的信中写道：

妈妈说 1961 年困难时期，她给大弟用 52 块布拼做一件夹克，让我们数一数这次捎回来的棉背心是用多少块布拼成的，大弟的背心是 20 多块拼成的。

妈妈后来说，她是在"黑帮"队失去自由的时候，做这几件棉背心的。既是给孩子们带来冬日温暖，也是想让家人感到她还有心思做针线活儿，宽慰老人和孩子。

我一次次在信里告诉妈妈：

我用布角拼做了一个椅垫，不太好。

我给弟弟做了一副手套，做得比去年好，就是太瘦了。

我打算给自己做一双像你做的那样的手套。

大弟也在信里告诉妈妈：

二姐给大为枝（织）了一双袜子，现在给我枝（织）了一只了。

我补衣服的针脚越发细密了，还学会了做棉衣棉裤、缝手套、纳鞋底、绣花。我很有兴致地在书包上绣上红字：为人民服务。还在枕头上绣上菊花，叫作：战地黄花分外香。

我每做一点儿针线活儿，都想让妈妈知道，其实，也是想宽慰妈妈，我们能管好自己，我的心情挺好的。

就这样，针线活儿伴着我，度过了那几年。

小雪，你知道吧，我俩弟——你爸和你大大也会些针线活儿，从缝扣子到做被子，什么都会。

你看过你老爸做针线活儿吗？他还会纳鞋底呢！那也是童子功的本事啊！

姑姑

2018 年 3 月

77级的同学
是这样炼成的

静静：

你上大学是哪届哪级？2006？2007？

你知道你爸是哪一级吗？就是传说中的77级。

77级，神一样的存在。恢复高考后，率先走进考场，首先改变命运的，就是77级。

我是76级，末代工农兵学员。入学没多久，恢复高考消息传来，我的心翻腾起来。当时，我大弟——后来成为你爸，正在准备高考。而在这之前，他在学业上经历了什么？

他1965年上小学一年级，1966年，课桌不再平静。

我的爸爸妈妈一直培养孩子写信的习惯，往往在爸爸和妈妈相互间通信的时候，都叫来身边的孩子，在最后写上一两句，画上点儿什么。这样，玩儿一样就学会了用信来表达。写信，成了孩子们很乐意做的事情。

大弟第一次独立给妈妈写信的时候才9岁。这时，写信，不再是玩儿了，而是父母离家后，他情感表达的方式。

在1967年的信里，这个小男孩写道：

> 妈妈，我很想您。
>
> 我大姐念了您的来信，我哭了。

爸爸给妈妈的信中说：

> 大弟听姐姐念信，念到他是个心重的人，爱弟弟，恋姐姐，他掉了眼泪。姐姐说他哭了，他不好意思了，说，打哈欠打的。他说，睡觉梦见妈妈了。

姐给妈妈的信中说：

> 大弟很听话，看样子他很想您。您的信来了以后，他就特别蔫，叫我给他念信，后来又写信给您。

他在1968年元旦过后给妈妈的信中这样写道：

> 爸爸给我大姐买了一套红皮儿的《毛泽东选集》，给我二姐买了一本书，名叫《南方风暴》，给我也买了一本书《英雄炮手》，给小弟买了一本《苦难的童年》。

10 岁的他，向妈妈一一展示了爸爸刚刚给儿女的新年礼物。

他的信里开始有了更多的内容，可以看到，那时全家四个孩子上学的状况：

听大姐说他们不升学了，全部下乡。

小弟上学好几天了，我这几天，上午上学，下午就去汽车上宣传。

二姐说，她在 15 号以前就上中学了。

大弟在给妈妈的信中经常会说：我们都很好，不要惦记。

那时，人手一本《毛主席语录》，说话、开会时，人们常常引用《毛主席语录》。当妈妈失去自由，隔离反省的时候，10 岁的大弟居然会引用《毛主席语录》来宽慰妈妈，这条语录是：

我们应当相信群众，我们应当相信党，这是两条根本的原理。

他告诉妈妈：

现在，我会背老三篇（毛主席的三篇著作）里的前两篇了。小弟现在学习很好，他会很多字了。

1969 年的信里，有这样的国防战备信息：

现在，我们学校正在挖地道，二姐他们学校也挖了。二姐他们挖地道还砸死一个人，砸伤两个人。

现在，哈尔滨备战很忙，我们学校挖了防空洞，还做了战备动员，还讲了怎样防空的常识。"苏修"要是再来侵犯，我们一定要把它全部消灭光。我一定要好好锻炼身体，等我长大了，一定做一名保卫祖国领土的边防军战士。

哈尔滨战备很紧，咱们院的人走了好几家了，我们班都走了一少半儿了。你们那儿，战备紧不紧？

现在，我们校的"红小兵"到中山路去维护交通秩序。前些天，我们学校开讲用会，我也是讲用会的代表，我狠斗我的私心。现在，我们也要开声讨"苏修"新沙皇，侵犯我国领土罪行的大会，我也把批判稿写好了。

他在 1971 年 9 月 20 日的信中说：

前几天，学校负责人做了战备动员，说"美帝""苏修"和日本、印度，要联合侵略我们，要挖地道。做了动员后，二姐说，现在不要买东西了，万一敌人来了，也都得没了。

1972 年以后，父母回到哈尔滨，而我和姐姐都下乡当知青了，家信依然不断。

学校的秩序慢慢恢复，已经上中学的大弟经常在信里说到自己的学业，明显看出他对学习的专注。他是我们姐弟四人中，在家信中谈学习成绩最多的：

数学好几次测验，都是满分，语文是 90 分以上。

我的体育是最好的，100 分。语文 99 分，地理 96 分，俄语 92 分，数学 91 分，文艺 80 分，政治 66 分。

咱家的管灯现在已经安在前屋了，很亮堂，我们三个天天在这屋看书、写东西。小弟现在也学会看大书了，现在正在看《过年》这本书。

我的期末鉴定：能学习毛主席著作，参加政治活动，但在大批判会和讨论会上不敢大胆发言。

他的视野也开阔了。1972 年 4 月 9 日，爸爸给妈妈的信中说：

大弟最近一个时期对一些新事物产生兴趣，买了一个小电动机，又想钓鱼、打羽毛球，又想拉胡琴。

他要买一把胡琴，自己跑商店去了好几趟，说是四元多。我给了五元钱，他又跑了半天回来，说四元多的，只有一把样品了，还坏了，其余都是五元多，怎么办？买一把吧，明天让他去买。

给孩子培养多方面的兴趣和技能是很重要的，不要像我这样，什么也不行。

1973 年到 1974 年，大弟给我的信中说：

学校里现在也在搞批孔，语文、政治、历史都不让上课，专门批孔。

学校现在批林批孔不太紧了，前一段时间里，主要是反对学校中的修正主义回潮的"漫画事件"，也就是反对工人阶级领导学校，要批工宣队，把他们撵出学校的事件。到现在这个漫画作者还没有挖出来，却让据说有撵工宣队思潮的革委会副主任停止工作，检查错误，还发动全校学生对他进行批判。

现在都在批《三字经》，你那儿可能没有《三字经》的原文吧？给你邮一份。

现在，学校一个学期上不了几天课，除了劳动就是劳动。我们到工厂劳动了20多天，回来后没上几天课就又建校一个星期。说是，一个学期，上级规定要学工一个月，就是上课也讲不了多少新内容。我真担心毕业了，课程没有学完。

我爸在给我的信中说：

大弟这一年来作文有很大进步，在班里算是不错的，曾几次征文得奖。

1975年，大弟越发感觉到在学校学习上的不满足，他有了自学意识，自觉地充实自己，他在信中告诉我：

我们这个班，名字叫电工班，可实际上开学一个月了，就正正经经地上了那么10多天的课，而且是断断续续的，没有什么系统性。学起来糊里糊涂，还不如不学，但终究自己还是要抓紧时间自学的，自己去实践。

我准备把咱家那屋的管灯安上。现在，我已经有一套电工工具了，这些东西往皮带上一别，也像一个电工了。我的那个收音机已经安好了，现在正在调试，用不了几天就可以响了。

1975年，大弟毕业了，心存上大学的愿望，但那时大学都不从应届毕业生中招生，而只能从工农兵中推荐上大学。在大势中，他这样看自己的未来：

哈尔滨正在掀起一个上山下乡的高潮，要把以往各届毕业生全部动员下乡。一个学生三方面动员，单位包父母，学校包学生，父母包子女。

明年这个时候，我可能在哪个生产队干活了呢。我打算下去，过两年后，再争取上学。

走向社会以后，我是很希望继续升学进行深造的，那么到农村去是很有前途的。

那时的政策是，家有俩知青下乡，第三个孩子可以留城。于是，大弟留城当了工人。那段时间，他特别喜欢读书，把家里放在床底下箱子里面的书全看了。

妈妈还记得，有一天大弟从床底下翻出一个书箱子，一连几个小时地看书。等父母下班回来的时候，他又把箱子、床铺弄好。第二天，第三天，每天都是这样看书。

后来，他把书从床底下拿出来，一本一本分类登记，自己做了一个书架，把这些书摆在书架上。

他看遍了家里的书，还不满足，就去逛书店，还让爸爸给他借书看。

他在1975年写给我的信中说：

在中学时，我没有学习好，特别是数理化、外语都没有学好。今后，我打算复习全部中学课程。另外，学习英语，我拜大姐为师了。

1975年12月，妈妈在给我的信中说：

现在，大弟以拼命的精神自学，坚持复习功课，我都怕把他累坏了。他每天几乎学到夜里11点，白天见缝插针，真有点儿钉子精神，不倦地学习。

这种学习精神，在你和姐姐身上，我还没有见到。达到这样的程度，真有雄心壮志，这样坚持下去会超过爸爸的。

大弟给我的信中说：

现在，我正在复习，首先是数理化，我主张学会、学好全部基础课程，将来是会有用场的。

1977 年 10 月，恢复高考的消息传来。一直处于蓄势状态的大弟，看到了光，看到了亮。他写道：

今天，我很激动，因为正式报了名，上大学——这是我多年的愿望，但究竟是不是会如愿呢？

今年的招考制度有了极大的变革，这个变革彻底地改变了那种无视学习成绩好坏，都可以上大学的办法，实行的是一个任人唯贤、广开才路的新政策。我欣逢这样的盛事，一定要把握好机会。

妈妈清楚地记得，备考那些天，大弟每天白天上班，晚上学到深夜。父母一点儿也不用督促他学习，反而得督促他休息。夜深了，儿子的灯久久不熄，妈妈心疼儿子，又怕打扰儿子，小心翼翼地送一个苹果到桌前。第二天一看，苹果还在那儿。

高考拉开帷幕，黑龙江考生 11 月中旬初试，12 月下旬正式考试，大弟和四面八方汇聚的考生一起走进考场。那一年的高考，是中国历史上有着独特意义的高考。

当他被吉林大学录取的时候，他写道：

忽然一下，我变成大学生了。多年的夙愿和理想终于在盼望中实现了，我真是高兴极了。此后要想的，就是要怎样在大学里学习好。

对于今后的道路，我充满信心，上了大学，就是在人生的道路上又迈出了一步。以后要加倍学习，拿出十倍于备考的劲头，争取更大的进步。上大学学的政法，要用自己一生的心血来从事它。

从 20 岁开始，他的大学生涯开始了，他把它看成是一生事业的开端。

77 级就是这样炼成的。那样的年代，那样的气氛，那样的局限，难得有这样的学习自觉。

静静，在 77 级同学里，你爸算是年轻的，他的同学们，年龄相差十几岁。

想想，高考废止的十年里，多少人被耽误，多少人不甘心，多少人永远失去了上学的机会。当他们走进大学时，被看作"天之骄子"。

恢复高考 40 年了，它改写了千千万万考生的命运，改变了国家的面貌。

回头看，77 级、78 级，汇聚十年人才，后来学成之后，成了社会中坚。想到这个群体之中，有咱家的一位同学，咱们赞一个吧！

一丹姑姑

2017 年 12 月 5 日

爸爸
路口的点拨

晴晴：

　　每次你回来看到你的姥爷，都会感觉到他的变化吧？他真的是高龄了，92岁，阅尽沧桑，已经不再多说什么。

　　而我回望从小到大走过的路，在几个紧要的路口，都曾有他的点拨。在不同的年龄段，我都受到你姥爷的影响，那是一种思想引领。

我 17 岁的时候去小兴安岭当了知青，干的第一个活儿是修路。1972 年 8 月 10 日，我给爸爸妈妈写信：

你们的女儿，已经是在基建工程队新兴二队的宿舍里给你们写信了。你们一定想不到，我会到基建来修路吧，我自己也没想到。

我们住的宿舍很简陋，听说是用马棚改的，一个长长的大房子，住 50 多个人。我对面还有很长一段炕没人住，很潮湿，光线很暗，不过，比住帐篷好多了。

平时净吃窝头，没有星期天，下雨天就算休息，工地离宿舍 10 多里地。5 点起床，6 点出发，不到 7 点半到工地，8 点多才干活。午饭在工地吃，可炊事班连一滴水也不送，我们就到小河边去喝水。水里边有一个个小红点儿，管他呢，这比姐姐喝马蹄窝的水好多了。

从路边小土坡上挖土，两个人抬一筐，走过路边壕沟上的跳板，把土抬到该铺的地方。初抬压得肩很疼，以后就会练出来了。

每周一、三、五晚上学习，现在正在学习哲学著作。200 来个青年，墙上贴着许多决心书、挑战书、"学习园地"，有点儿政治气氛。

这两天，我的情绪不坏。别人说："小敬，你好像不想家。"我想家，时时刻刻想，又有什么用呢？干吗刚来就愁眉苦脸呢？

我自信还有点儿吃苦精神的。到这儿来，我更理解"艰苦"二字的含义，不仅干活累，而且还有各方面的困难。这没什么，什么活不是人干的？别人干得了，我为什么干不了？

我到小河边去喝水的时候，我觉得这是吃苦，可上甘岭呢？干渴还得战斗，比这艰苦多了。那些战士都是英雄，可是，人们并不全知道他们的名字。我现在也是一样，在山沟里修路，没有人知道我，可我也是在为人民造福。

同时，也很好地锻炼了自己，对我一辈子都有作用、有影响。反正我是准备好了的，准备吃苦。

最近看了《牛虻》，牛虻的精神和保尔会帮助我克服困难的，其实也不会吃太大的苦，没什么了不起，锻炼嘛！

这里天天是多云、小雨，中雨不能去工地，就在宿舍扒炕，闹得乌烟瘴气，屋里外边不能待。我有一天坐在泥地里了，昨天又跪在泥路上了。

每当天气好的时候，我就很兴奋，觉得什么都充满希望。可是天阴时，我的心情就很坏，又烦又闷。有时，我觉得生活枯燥无味，有时又觉得很好，也许生活，就是这样吧。

刚刚离开家，家书抵万金，8月20日，收到爸妈回信，爸爸信中写道：

保尔也修过路，修路的时候还遇到了冬妮娅……

一个人的一生中，不应该都在平静的环境中度过。艰苦的锻炼不只是生活条件的艰苦，对于像你这样的青年来说，更重要的是锻炼独立生活，懂得生活。

你在家是个孩子，有爸爸妈妈关心、抚爱，每天无忧无虑，爱看书就看书，爱玩儿就玩儿。现在不同了，你是一个革命青年了，会碰到各种各样的事，都需要自己动脑想。会碰到一些顺利的事、高兴的事，也会碰到一些不顺利的事、伤脑筋的事，这些都要思想放得开、想得开，既不脆弱，又不狭隘，要勇敢地、乐观地迎接战斗。

爸爸关于"独立"的话，对于我这样一个刚刚走进社会的知青来说，是一种点拨。以前，我从来没有这样想过。

我马上回信：

我日夜盼望的信终于收到了，我是多么高兴啊。我一口气看完了来信，心情非常激动，爸爸妈妈对我的帮助太大了。

昨晚，我把信中对我教育帮助最大的一段，抄在了日记本上。我将记住这些话，并照你们说的那样去做。

我 23 岁生日是在北京广播学院过的，那天，爸爸给我的信中说：

最近，看了《人民文学》第 11 期的一篇小说《班主任》，不知你看过没有。这篇小说很好，写的是"四人帮"给青少年的毒害。有宋宝琦这样的小流氓，也有谢惠敏这样的团支书，两人不同，却都是受了毒害。

你如没看到，一定要找来看看，那位班主任老师面对这些，心中的爱弦和恨弦，波动如此之剧烈。他竟难以控制自己，一种无形的力量冲击着他的喉头，他几乎要喊了出来：救救被"四人帮"坑害了的孩子！

这篇小说中，有一个宣传委员石红，那么可爱，我看了，想到你，很像你。

我翻开《班主任》这篇小说的时候，并没有想到，它会这样触动我。

刘心武笔下有一个细节：学农归途，谢惠敏突然发现有个男生手里转动着个麦穗，她不禁又惊又气地跑过去批评说："你怎么能带走贫下中农的麦子？给我！得送回去！"同学们有的说她"死心眼"，有的说她"太过分"，老师理解了她"绝不能让贫下中农损失一粒麦子"的信念。最后，她在雨后泥泞的大车道上奔回村庄，送回麦穗。

看到这儿，我心一动，我也会这样啊！

往下看：

团支部过组织生活时有人打瞌睡。张老师建议说："为什么过组织生活总是念报纸呢？下回搞一次爬山比赛不成吗？"谢惠敏几乎不相信自己的耳朵，瞪圆了双眼说："爬山，那叫什么组织生活？我们读的是批宋江的文章啊……"

我又想，我也会这样啊！

再往下看：

谢惠敏单纯地崇信一切用铅字排印出来的东西，她的老师感慨：在"四人帮"控制舆论工具的那几年里，倘若在谢惠敏最亲近的人当中，有人及时向她点明——那些所谓的"重要文章""权威论著"并非是真理，那该有多好啊！但是，由于种种原因，没有人向她点明这一点。

我也是这样啊！

我被深深地触动了。

我怎么那么像谢惠敏？

我也当过团支部书记，在东北林区的知青点，我也曾经以那个时代的方式维护着原则和信条。

记得夏锄的时候，知青们本来是一起出工、一起收工的，老队长决定，让我们一人包一条垄，谁铲完谁收工。到了中午，男知青一溜烟儿都收工回去吃饭了。女知青还在闷头干着，望着长长的垄沟叹气、发愁，有的都哭了。我没哭，在烈日下，我冲到老队长面前，义正词严：

"你这不是包产到户吗？"

早在"文革"初期，"包产到户"就已经被批得体无完肤。我说出这个词，显然很有杀伤力。老队长没有说什么，第二天，又恢复"大锅饭"了。

后来，我隐隐觉得不该那么说，但也没有再说什么。我后来离开林区要到北京上学了，老队长指着一麻袋倭瓜，说："你拿回家给你爸妈吧！"

我没要，那是集体的东西，我怎么能拿回家呢？

上了大学，我当了班里的党支部书记。本来就习惯自我克制和自我约束，这就要更克制、更约束了。

我穿着蓝色的衣服，那是我妈给我的警服；我梳着短发，是最简单的式样。我走在校园，目不斜视。艺术专业的男生一遇到我，就唱：

数九那个寒天下大雪……

一道道水来，一道道山……

嗯？

哦，是歌剧《刘胡兰》。我明白了，这就是我在同学眼中的模样？

作为书记，个别谈话算是一种工作方法吧，我与同学有过几次这样的谈话：

在学农的时候，小肖在栗子树边，总是掏出小镜子，对着自己左照右照。我看着大伙儿都在干活儿，就觉得，一个男生不该这样啊！让贫下中农看到，工农兵学员什么形象啊！于是，我走过去，严肃地说："都干活儿呢，别照了！"

小肖愣了一下："哦，我嗓子疼，照照，看发炎了没。"

班主任陆老师找我："小敬啊，你注意没有，你们班小董同学在谈恋爱呀！在校期间有规定，不能谈恋爱。"

我先是惊讶，后是直截了当地对小董说："陆老师让我跟你谈谈，在校期间不能谈恋爱。"

小董一脸无辜，信誓旦旦："没有，没有，我们是在切磋播音业务。"

小马同学靠助学金支撑着学业。夏天到了，我看到小马穿了一件新衬衫。那衬衫不是棉的，也不是的确良的，那新面料，我在王府井百货大楼看见过，叫：特丽纶。新衬衫有点儿显眼，我有点儿担心，会不会有人说什么呢？会不会影响以后的助学金标准呢？会不会有啥反应呢？

想来想去，我还是开口提醒了小马，以后买衣服别太显眼，免得有不好的影响。小马诚恳地说，对，当时没想那么多。我又后悔了，人家小马好不容易添置了一件衣服，我还这么多事！

我怎么那么像谢惠敏！

于是，我在给爸爸的回信中说，其实我自己觉得，我不像石红，我更像谢惠敏。爸爸又一次来信说：

我说你像石红，这是真的，我真的是在石红身上看到了你的影子。你有石红的热情聪明、热爱工作、热爱同学、淳朴天真，这些都像。

当然，也有谢惠敏的影子，谢也是很好的孩子，那么单纯、诚实。

她的缺点是"四人帮"造成的，她是受害者。我们给予深切的同情，也完全相信，她会很快克服缺点，快步前进。

你在学校，担任班干部，从石红、谢惠敏两人身上，看到自己的长处、短处，就一定会健康成长起来。

爸爸又一次点拨了我，使我有了一种意识，重新认识自己、改变自己。

在大学的最后一个学期，"真理标准讨论"在全国进行。23岁的我，头脑活跃起来，一会儿不安，一会儿清醒，一会儿迷惑，我的思想激荡着。我关注着"真理""实践"这样的严肃命题，也经历了从未有过的自我反思。

从小到大，曾有过多少盲从、僵化？

什么叫理智地面对复杂社会？

我有独立思考的意识吗?

我有观察、质疑的能力吗?

我还要当谢惠敏吗?

30岁的时候,我在北京广播学院读研究生。那时,我们已经结婚四年了,还分别住在学生宿舍。老爸给我写信:

> 你们同在一个城市,却一个在东南,一个在西北,来往不便。不过这样也好,平时不能到一起,对专心看书、学习有好处。

> 你们现在还没有房子,不要着急,我相信会解决的,后来居上,可能条件更好些,不过时间晚点儿罢了。

> 严师出高徒,老师严一点儿好,在那样的环境里刻苦、努力学习,一定会有很大收获的。

> 你刚上广播学院时,记得我曾给你写信,要你博学。现在,再送你一句话,就是要精深,知识要渊博而精深,这样才能干出成绩来。

> 你们过去的一段生活经历,对今后发展很有好处,下过乡,干过一段工作,又当了研究生。既有实践经验,又有理论上的提高,加之现在正处于新老交替的时期,只要自己努力,前途将是远大的。我们已经老了,现在希望就放在你们身上,

希望你们快些成长起来。

你现在还在学习，将来毕业以后，无论到什么岗位，或者当教师，或者当节目主持人，都要一心朴实地干下去。你这个年龄，正是大放光芒的时候。

我50岁的时候，爸爸妈妈一起对我说了这样的话：

50岁，正是好时候。30岁太年轻，70岁太老，50岁阅历丰富、经验丰富，今后的路会更顺、更宽、更辉煌。

晴晴，我很幸运，从小到大，父母一直在点拨我，一直能点拨我。

父母是有强大精神力量的人，他们与孩子分享着他们的人生经验，启发着我的思想。这对彼此来说，都是幸福的。

妈妈

2018 年 1 月

妈爸
牵连着手足

小雪：

你一儿一女，带娃儿有啥心得？带俩娃儿有啥特别之处？

教子、教女，当妈不容易，让儿女相互间保持亲密关系，当妈有学问。

当年，你奶奶怎么教我们？怎样牵连着我们姐弟的手足之情的？

我姐是长女，她小时候，爸妈给她的信里，总在重复着一句话：你是姐姐。

1962年4月，爸爸写信给10岁的长女：

> 爸爸不在家，妈妈又有病，你是姐姐，就该像个姐姐样儿，多照顾妹妹、弟弟。

1964年春，爸妈分别出差，妈妈来信嘱咐：

> 燕一定能像个大姐姐、大孩子的样子，担负起爸爸妈妈照顾弟弟、妹妹的责任。

读小学的时候，我和弟弟们都仰望我姐。妈妈留着姐姐得的奖状，一张又一张，她居然连续八次考得第一名。那时没有"学霸"这样的说法，却有"榜样"的力量。

我妈总在说："你姐学习好。"我们当妹妹、弟弟的，就觉得，要是学习不好，都不好意思给我姐当妹妹、弟弟。榜样的力量就这样形成了。

1963年3月，爸爸给妈妈的信：

> 燕作业有时马虎，我批评她：考第一的学生怎么这样呢？

学习这么好，爸爸还"严格要求"，而那语气里，似乎带有一点儿为女儿的骄傲和得意。

记得一个冬日，妈妈领我去商店，给我姐买了一支钢笔。妈妈告诉我："这是奖励你姐的，她又考了第一名！"我当时上小学一年级，还没有开始用钢笔，我羡慕的不是那支笔，而是羡慕姐姐得到妈妈的夸奖。也许是为了安慰我，妈妈给我买了一朵粉红色绢花，别在我的毛线帽子上。

我暗下决心：以后，我也要得第一名。但后来，我一直没能追上我姐的纪录，我总是在第三五名、七八名的地方徘徊。

开大队会的时候，我们在台下，我姐在台上。她是副大队长，红领巾飘在她胸前。我和同学显摆："看，那个戴着三道杠的，是我姐！"

有一天，妈妈单独对我说：

给你姐做一件新衣服，这次，先不给你做了。你姐大了，学校活动多，穿好一点儿。她衣服穿小了，你再穿。

妈妈这样正式地和我说这事儿，这么尊重我，还特意告诉我一声，我心里可高兴了。

"嗯！行！"

就这样，妈妈引导着我，为姐姐的优秀而高兴，不为谁多了什么而在意。

妈妈总是在姐弟之间说表扬的话：你姐如何贴心，大弟如何厚道，小弟如何细心……用这样的方法，让我们姐弟四个互相欣赏，养成了"不争"的习惯，长大以后，更形成了"让"的习惯。

13岁时，父母都去了外地，我管家，经常要给弟弟们补衣服。那天，妈妈临时从外地回家，她在厨房忙活，我和以前一样，在缝纫机前给弟弟们补裤子。补丁有点儿厚，我使劲儿推，"咔嗒"

一声，手上一震，啊，缝纫机针穿透了我的右手食指。我的手指动弹不得，并没有觉得很疼，倒是吓了一跳。

咋办？惊慌地喊："妈——"我妈赶来，神色有点儿紧张，但并没慌张，她缓缓地推缝纫机的倒轮儿，机针慢慢地从我手指拔出来。这时候，疼了，我看到，我的手指甲的针孔里，渗出一滴血，就像一颗红珍珠。

这时，我妈并没有安抚我，而是大声喊来两个弟弟：

你们俩，记住，你二姐给你们补衣服，手指都扎穿了。

她也不是大人，她才比大弟大3岁，她替妈妈爸爸照顾你们，你们长大要是不对你二姐好，你们就丧良心了！

两个弟弟全蒙了，看一眼妈妈，看一眼"红珍珠"。

我坐在缝纫机前，听到妈妈的话，心里生出一种受到鼓励的感觉：帮妈妈管弟弟、管这个家，这是我该做的，我还能做得更好。

很多年以后，回味这件事，假如，当时，我妈把我搂在怀里，说："可怜的孩子！"我立刻就会哭、会委屈、会觉得自己很弱，会可怜自己。而妈妈当时的做法，让我不委屈、不自怜，并且激起了我积极的心态，去做该做的。

这事儿如果被家教专家当案例，至少总结出两条：机会教育加深姐弟手足情，逆境中鼓励积极心态。

1977年，我正在北京上大学，16岁的小弟去当兵了，妈妈在信中说：

> 妈妈老了，你要替我分担教育和关心小弟的责任，常常给他写信。他不回信，你也要写。他年龄小，一个人在外面，更需要亲人的关怀。

好，妈妈放心！按妈妈的指示办！那段时间，我遵旨给小弟写了很多信：

参军十几天了，怎么样，小战士能经得起考验吧？想家，这是你遇到的第一个考验。你应把心放在工作、学习上，放在训练上，这样就可以减少想家的情绪。

你想想，在战争年代，多少十五六岁的小孩子就参加了革命，跟着红军长征一出去多少千里。多少年不回家，他们不想家？他们也想。

但总想家、恋家，怎么能有出息呢？有一句话：庭院里养不出千里马，花盆里栽不出万年松，要成为一个战士，就要在风浪里闯，四海为家呀。

什么叫考验？想家也是一种考验，现在你已经是一个战士了。战士，应该经得起任何考验，你懂吗？

你16岁了，在家当然是小的，但你想刘胡兰不也才15岁吗？应该励志了。你在家是个小孩子，出去了别人就把你当大人看了。你要处处严格用大人的标准来要求自己，去掉小孩子气。

1976年3月30日给小弟的信，开始具体指导：

日记中不用总记述一些小事，可以记一记思想活动，对问题的看法。比如你看电影《年轻的一代》，自己有什么感受？受到什么教育？可以在日记中记下来，这对自己表达能力是有好处的。

1978 年 7 月，我收到小弟的信，又用"鼓励法"：

> 刚拿到这封信，我都没有想到是你的信。你写的字大有进步，写得很漂亮，希望你继续练，写得更好。看来你现在比较注意学习了，这是一个很好的开端，不知你坚持得怎么样。你现在正是精力充沛的时候，确实应该下点儿功夫学习了。你在校时间太短了，又正赶上学校乱的时候，没学到什么东西，现在通过自己的努力补上吧。

我又想到，小弟是消防汽车兵，不能光谈学习，还得谈汽车兵专业：

> 开车要注意安全，切勿马虎，多学一点儿技术。光会开车，还不算个好司机，又会开，又会修，才算全面呢！

> 出车和外人交往时，还要注意谦虚和礼貌，不要学有的司机那样油头滑脑，要有踏踏实实的工作作风。

说着说着，又说到学习上，我又"谆谆教导"了：

> 你虽然离开了学校，但并不是失去了学习的机会，在部队也可以学。即使不能上学，自己抓紧，也能学到很多东西。你看高尔基多伟大呀，他只上了两年学。

> 你上学时正赶上"四人帮"破坏严重的时候，学的东西不多、不深，现在自学，小计划、大计划自己定，自己执行。你能做到吗？

现在看这些信，我笑自己，那信里面充满了小指导员式的教导。当时，我 22 岁，穷尽所能想到的大道理、小道理全用在这里了。我全力以赴地、"倾盆大雨"地、絮絮叨叨地和小弟说这些，是因为，妈妈有话，让我多写信，还明确指示：不管小弟回不回信，你也要给他写信。

妈妈用这样的方法，让我们姐弟隔山隔水不隔心，始终保持有沟通、有惦念、有心灵交流。

妈妈并不是总说"血脉相连，手足之情"这样的话，但，她让我们懂了，这是最可亲的关系。

2017 年岁尾，年度汉字出台，有中国的，有国际的。我问我妈：

"那咱家呢？咱家的年度汉字是什么？"

妈妈说："合。"

即将走进 88 岁的老妈，您的心愿，我们懂。

小雪啊，你有弟，弟有姐，你儿有妹，妹有哥，这都是福。一个人，有姐妹兄弟，是父母给予的最好的礼物，而父母能把子女们牵连在一起，这是有挚爱、有智慧的父母。

　　很多人夸你爷爷奶奶教子有方，我们被教的子女，都是他们的成果。不好说啥，心里还真觉得他们的方法值得咱们好好琢磨。

一丹姑姑

2017 年 12 月

<h1 style="color:green">看，
电影里的偶像</h1>

晴晴：

你开始着迷电影是 11 岁，电影《泰坦尼克号》上映时，你进电影院看了 9 遍。有时我们一起看，有时你和闺蜜看，有时一个人看得全神贯注。

说到莱昂纳多的名字，你眼睛闪闪发光，到处搜集偶像的纪念品、海报、照片、文具，欣赏着，抚摸着。我也帮忙到处寻觅，还找了一个花布贴面的小箱子，把这些宝贝小心地放在里面。

朋友问我："你怎么这样纵容孩子的偶像崇拜？"

我说："多好啊！这个年纪，看电影，有偶像，多好！我还挺羡慕她呢！"

小时候，只要有电影，什么都行，对我们来说什么都好看。大呼小叫地走进电影院，丁零……听到上课铃一样的响亮铃声。先是新闻简报，看不懂，听声音挺激动的。毛主席一出来，我们就鼓掌。正片的片头开始了，或者是工农兵雕塑，转转……或者是五角星，闪闪……

终于，电影开演了！人物依次出场，我们交头接耳："好人？坏人？"似乎电影里的人物截然分成好人和坏人。

大弟11岁在1969年12月给妈妈的信：

　　昨天晚上，我和姥爷、二姐去看电影了，是阿尔巴尼亚建国25周年，才眼（演）的这个电影。还有一个叫《宁死不屈》的电影，昨天没眼（演）。

小时候，我和弟弟们经常去的电影院，是长红电影院。它比不上哈尔滨的好多电影院、剧场，它没有工人文化宫那高大的台阶，没有北方大厦剧场华丽的水晶灯，没有少年宫漂亮的雕塑，没有哈尔滨电影院的宽银幕，但我们都忘不了它。

它离我家和我们学校不远，我们常去那儿。它又小又旧，在街的转角处，浅黄色的平房，窄小的售票窗口递出一毛钱、两毛钱的票，看不见卖票人的脸。它没有什么醒目的海报，门口挂一块小黑板，潦草地写着几点演什么电影。

有一次，我们打发刚上小学的小弟去侦察，看看演什么电影。他去了，我们都等着、盼着。他回来了，向我们汇报，表情有点儿茫然，他说：

"黑板上写两个字。"

"两个字？是《奇袭》吧？"

"不是，奇，我认识，刘少奇的奇。"

"那是什么？"

"第一个字是，嗯，是，体育课的体，没那一小横，第二个字我不认识。"

哦，我恍然大悟，是：休息。

那时的电影，片名都熟悉，《列宁在十月》《南征北战》《小兵张嘎》《海鹰》《草原英雄小姐妹》《地道战》《地雷战》《平原游击队》。

就那么几部电影，翻来覆去，台词都能背下来了，可还是想看。那年月，可看的东西太少了，人们太饥渴了。每次从电影院出来都很失落，好像是从一个丰富奇幻的世界里跌了出来。

姐下乡后，最让她期待的文化活动也是看电影。姐1971年的家信：

> 连里开始了水利大会战，看了《红旗渠》以后，林县人

民的精神、干劲激励着我们。

劈开太行山，

漳河滚滚来……

记得，电影里的这首主题歌是姐姐教我唱的。

1971年夏天，我去北大荒看望姐姐。在姐姐连队，体会了防蚊虫叮咬的"全副武装"式看电影：穿上长衣长裤，戴上防蚊帽，抹上清凉油，站在麦场，盯着露天银幕。我写信给妈妈：

赶上农忙。我挺有福，不但伙食好，而且在连里看了一次电影《西哈努克访问西北》，还看了团宣传队演的《智取威虎山》。昨天下午，我和文书去团部，又看了一个电影《乒坛盛开友谊花》，回连的时候已经11点多了。

1972年春节，姐姐是在北大荒过的。有电影的日子，就有了年味儿。电影队来了，银幕挂起来了，大家奔走相告："今晚有电影！"不管什么电影，都让人期待。

大年初三，姐的家信：

团部来演电影《战友》，今天，又演了电影《南江村的妇女》。

1976年，电影渐渐多了，小弟写道：

看电影，若是我爱看的，说实在的，看它一百遍，我还是愿意看。如《春苗》，我已经看了六七遍了，可是还想看几遍。

同一个夏天，我在小兴安岭林区，也看了《春苗》。

这是新片，真好啊！那时，电影少，彩色的电影更少，它给我们苍白的精神生活带来绚烂的色彩，银幕上的画面真是赏心悦目。怎么会有这么翠绿的竹子？怎么会有春苗这么美丽的乡村女医生？怎么会有这样一位文质彬彬的男主角？

男主角是达式常扮演的方医生，他不是战火中的英雄，不是冲锋的硬汉，他是一个儒雅的医生。我当时想出好多词来形容他：举止文雅，目光柔和，表情含蓄，声音悦耳，眉眼清秀。这是以往我不曾见过的形象，我被他吸引了。

然而，那时我却不敢说我喜欢一个男主角。我们的生活里，没有"偶像"这个词，我们只说崇拜英雄、学习英雄。电影里的英雄，是我们熟悉的形象：杨子荣、郭建光、李向阳、李玉和。

我最喜欢的是《英雄儿女》中的王成。这个抗美援朝志愿军战士最著名的形象是在阵地上呼喊："向我开炮！"我每每看得热泪盈眶。而让我最感温暖的镜头，是王成和妹妹王芳在一起的样子，他的眼睛焕发出青春的光彩，热情而友善。我心里暗生羡慕：我要是有这样一个哥哥多好！

而《春苗》里达式常扮演的医生不是英雄啊，我不知该怎样表达了。很多知青说喜欢春苗，我说："我也喜欢，春苗挺好的。"

而心里，还是喜欢方医生。

电影散场了，我若有所失。银幕收了，好像一个世界远去了。

我们一群知青要走几里地回河东青年点。在土路上，我们深一脚浅一脚地走着，东一句西一句地议论着。那绿竹，那故事，那画面，那台词，意犹未尽。

前面将路过小古洞河，河水在夜色里波光粼粼。奇异的景象出现了，面前一闪一闪，萤火虫！一只又一只，一群又一群，萤火虫们在我们周围飞来飞去。

天上的星星，河里的波光，眼前的萤火虫，啊，我好像在梦里！而同伴们分明都在大呼小叫："萤火虫！萤火虫！"是真的。这情境，这心情，这么应和，这么美！

那以后，我再也没有见到过那么美丽的萤火虫。

我从少女到青年，从学生到知青，僵化、枯燥的生活中，有了电影，好像有了一道彩色的光。那光，很遥远，但也毕竟是光。

在我的青春字典里，没有"偶像"这样一个词。现在，偶像现象已经成为这个时代的普遍现象，而我，早已过了喜欢、崇拜偶像的年龄。

你那个珍藏莱昂纳多的小箱子还在，晴晴，你的偶像"小李子"终于拿到奥斯卡小金人，快变成老李了，你也长大成人了。而那个小箱子，更显得珍贵了，里面藏着女孩儿的一段时光。电影陪伴着你、丰富着你、愉悦着你，现在，你还有偶像吗？

妈妈

2017 年 12 月

俩女知青的
探亲假

林林：

　　这是姐俩儿青春的故事，青春的我们，曾经那么单纯。

　　写这些家信的人，回头看自己，又笑又哭，好多种滋味。

　　你品出什么呢？那个年代，你妈妈和我，我们姐俩儿，在不同的地方，怎么会不约而同做出这样相同的选择？

"上山下乡"这个词，在 20 世纪六七十年代，家喻户晓，覆盖千家万户。我姐 1968 年下乡到北大荒，我 1972 年上山到小兴安岭。

姐俩相继成为知青，探亲假就成了全家的大事。

知青哪有不盼着探亲假的？长年累月，隔山隔水，那是知青最珍贵的假期。一旦准假，恨不得立刻飞回家去，可是，另一种力量又往回拉着我们。

1970 年夏天，我妈妈给姐姐写信，希望她能够请假回家休假。姐姐回信说：

> 妈妈，我说了您不要生气，现在我不能请假回家，现在青年越来越多，回家更不容易。
>
> 今天，我们还走了四个，还有三个等着批假，现在又正是夏锄大忙季节，我作为一个共青团员和班长，不能扔下战士，自己先回家。

当妈妈又一次写信，希望她能回家的时候，女儿这样回答妈妈：

> 真不知道该怎样给您回信，我一点儿也没想到，我一直很佩服的妈妈——一个共产党员能这样。妈妈，我认为，您是通情达理的，在个人利益和革命利益发生冲突时应该怎

处理？

您说，请假探亲是合理要求，青年这么多，大多数同志都没回过家，北京、上海的青年已经两年了，他们多数一次家都没回过。每个人都有自己的爸爸妈妈，有自己的家，难道他们就不想家吗？如果现在都想着请假探亲，革命生产搞不搞？

我们到边疆来是革命来的，是改造世界观来的，我认为这对我是一次考验，是公与私的斗争，我要让"公"字占上风。我要思想革命化，不要平时说得好，要落实到行动上。

您说我不想家、不想妈妈，妈妈您说得好狠哪！我一个人离家这么远，是我不想家吗？条件不允许。妈妈您知道不？听说您要来，我高兴，多少天都睡不好觉。连做梦，都梦到我去密山接您，多高兴啊。一到闲的时候，特别是星期天，我总是把影集拿出来仔细地看一遍，看几遍。我病了的时候，也总是想您、爸爸、姥姥、奶奶和妹妹、弟弟们。

好啦，写这些也没用，反正您认为我是狼心狗肺，说了您也不能信，这封信我是哭着写的。

18 岁的我姐就是这样一个纯洁的知青，一个率真的女儿。

有其姐，必有其妹。我成为知青后，一连几个春节，我都在纠结：要不要回家休探亲假？回，还是不回？

1973年春节就要到了，这是我成为知青以后的第一个春节，我在新胜林场当广播员。那是一个人的广播站——写稿、播音、值机都是我。

临近春节的时候，我想回家，给家里写的信：

一想到在家热热闹闹地过年，我就着急。

然而，年越来越近了，1月25日，我又给家里写信说：

我经过反反复复地考虑，才决定春节不回家了。虽然领导已经给我假了，但我们场一律不放假。给我假，多特殊啊！

在我没下决心不回家之前接到一个广播稿，内容是《春节回不回家》。我很为难，怎么播呢？现在，我决定不回家了，心里也安定了。

家里热切地盼我回去，可我又决定不回去，妈妈生气了吧？

就这样，也是在18岁，我在外面过了年。

春夏秋冬轮回，1974年春节就要到了。我和家里商量是不是回家过年，大弟在信中说："大过年的，谁听广播？"我回信给家里说：

越是过年越要广播呢，我半年没回家，很想回去看看亲人，每逢佳节倍思亲啊。可是工作不允许，我还想，姐姐在兵团时一年多不回家，我才半年，还有什么受不了的呢？这也是一种锻炼——小小的锻炼。

有时，我还觉得自己有点儿大惊小怪，有的人多少年不回家，也认为是平常事，我应向他们学习。

1975 年，我已经从林场调到林业局广播站工作。春节前，我给爸爸妈妈写信：

春节就要到了，新播音员还没有调来，所以春节是否能回家还不能确定下来。我不好意思让不是广播员的人替我，回不去，就高高兴兴在这儿过年。

姐姐那时不也是几年春节都在外面过吗？妈妈不也说，长时间不回家也是一种锻炼吗？

1976 年春节，我给家里写信说：

经过几次反复和犹豫，我终于决定不回家过年了，这实在是工作上的需要，也是我的责任。

节日期间，特别要加强宣传工作，人们需要用广播增加欢乐的节日气氛。我一个人不回去，我们一个家庭不团圆，但能给别人增加愉快，这也可以视为一种幸福。

小王从 5 月到现在，一次也没回去过，不管怎么说，我还是个党员嘛，小王今天回去了，我这样做使她全家得到团圆，也是一件好事。我这样做，全家人会理解的，妈妈也会理解的。

一年又一年，就这样，我在林海雪原的广播站过年。广播的声音给山里人家带来节日气氛，给寂静的山林带来热闹。

　　值班的时候，透过结霜的玻璃，可以看到，我的窗台上，堆放着一个个铝制饭盒，里边有肘子肉、黏豆包、饺子、酸菜，那是广播站的同事给我送来的年货。那年，我是吃百家饭过来的，那么多好吃的，就放在窗外天然大冰箱里，一个正月都吃不完。

　　那没回家的年，味道真的也挺好的。

现在，回味那时的味道，并不是想回到那时候。林林，今天，看到该休假而不能休假的你们，我们可能会说，该休就休，该干就干啊！

一丹姨

2018 年 2 月

色难 小弟大孝

小为：

这个话题离你又远又近。

远，得从两千多年前说起。孔子曾经对他的学生们说，孝敬父母什么最难，是"色难"，就是不给父母脸色看最难。

色难，才是至高的孝道，对父母要始终保持和颜悦色。这既是说儿女们要和颜悦色地对待父母，也是说要让父母的脸色能愉悦。

近，因为接下来说的是你爸。

小时候，我最早知道"孝"这个字，是从我妈那里听到的。她在唠嗑时，常说到谁谁谁有"孝心"，谁谁谁"不孝顺"。那语气，那神情，褒贬分明，这是我妈看人的价值标准。

孝子，什么样？孝子，在我老妈身边，也在她笔下：

小儿子从小就是个淘小子，当兵复员回家时，正赶上"文革"刚结束，千头万绪还没理顺，我的精神状态特别不好。心情不好的时候，烦躁易怒，我常常迁怒在小儿子身上，拿他当出气筒。

他当时正是血气方刚的小伙子，但是他懂得，人要有老有少，当儿子的不顶撞父母，要做个百依百顺的孝子。他就忍着、让着，本来他无错无过，就是因为妈妈的精神不好、脾气不好，冲着他发泄，对着他吵，对着他训。然而，他都好言好语地哄妈妈高兴，竟没有闹僵过一次。

那时，爸爸天天逼他上补习班考大学，爸爸还亲自给他补习。看到他做学习以外的事儿，就冲着他喊、指责、教训他，让他必须天天看书、写笔记。那时候，我也是爸爸的帮凶，二对一地训斥他，他不反驳、不吱声，听着，忍着。

直到有一天，他给父母留下了一个纸条，大意是说，自己小学赶上了"文革"，刚初二就离开学校去当兵，补习班讲的课过去都没有听过，现在上考场，实在是太吃力了。这话，终于让父母对小儿子的难处有了理解。而儿子却没有一句怨言。

由于小儿子和父母生活在一起，父母习惯地把他当半大小子看，即使结婚成家以后，也是一样。那么长的时间，那么过火的话，那么难看的脸子，小儿子因敬父母而不抗，因爱父母而不嫌，因疼父母而不烦，因理解父母而不怨，这是一般人做不到的。

记得在小儿子刚复员不久，我从外地回家，一看，家里有一台蓝天牌洗衣机。我就来气了，对着小儿子开训：

"你就懒到这个份儿上了！连洗衣服这么点事儿都怕累，这么小，就讲起享受来了，你太不像话了！"

小儿子小声说一句："我是怕你累。"

我更加火了，冲他吼道："我不怕累！你没等挣钱呢，就先学会花钱了！"

小儿子又小声说一句："也没花家里钱，是我当兵攒的钱。"

这时我才知道，他当兵，每月发五元津贴，舍不得花，都攒起来了，就是想给家里买一样东西。

后来，小儿子上班挣钱了，有一次说要给家里买一台冰箱，我说：

"不许买！你要是买来，我就给你扔出去！"

过了几天，小儿子的几个同学抬着新冰箱送来了。我也不好对人家说什么。过了一会儿。小儿子上楼来了。我又滔滔不绝地说：

"买这干啥？买这有啥用？"

他也不吱声，只顾往冰箱里装东西。后来我才知道，送冰箱时，他本是和同学一起上来的，怕老妈骂，没敢上楼，在外面躲着。后来，听同学说老妈没发火，才敢上楼的。

有一年夏天，天太热了，小儿子说要给我们安空调，遭到我们老两口的强烈反对，我说：

"祖祖辈辈没空调，也没热死，你看，有几家有空调的？怎么这么娇气？这么讲享受呢？"

天更热了，小儿媳告诉我说，小儿子热得睡不着觉，夜里起来冲几次冷水浴，才能睡着觉。我说："那你们就安个空调呗！"儿媳说："我让他安，他说什么也不安，爸妈不安，他绝对不安。"这样，我才接受了，安了空调。

家里原来有一个小电视，我的眼睛渐渐有些看不清了，想换个大电视，可是老伴儿坚决不让换。我俩正吵时，小儿子听见了。

　　过了几天，他搬回来一个大电视。老爸冲他发火，他说：

"我妈眼睛看不清了，放她那屋，你还看原来这个。"一边

调电视，一边还得看老爸生气的脸子。

小儿子本来性格豪爽，但是在父母面前，却很温顺。大女儿曾不平地说："妈，你小儿子给你办一件好事儿，就得挨你一顿骂，你上哪儿找这样的儿子？一边给爸妈办好事儿，一边挨着骂，出钱出力，还得受着气，连个好都讨不着。妈，你也真是的！"

四个孩子个个都有孝心，小儿子是非常有孝心。我想，和父母生活在一起的子女，与不和父母在一起生活的子女感受是不一样的。

不在一起生活的子女，看到的父母，像是看父母的婚纱照。我们老两口每当听说远方的儿女要回家，就把屋子收拾干净，理发、染发，换好衣服，振作着不报病，调整好状态，就是为了让远方的儿女回来得到安慰，走时带走一个"放心"。

而在我们身边的小儿子，看到的是父母的生活照，今天怎么样了？不爱说话了，不爱吃饭了，明天感冒了，发烧了，后天老两口吵架了，心烦了。后天，外地的亲戚来串门了、来聚会了……小儿子成年累月地面对这样的"生活照"，从来都是和颜悦色。

我想，和老人在一起，不如和小孩子在一起好：和小孩子在一起，看到的是一天比一天好，开心、欢心；和老人在一起，看到的是一天比一天差，操心、揪心；和孩子在一起生气时，可以打骂发泄出去；和老人在一起就得忍气吞声，受气；和孩子在一起，太吵太闹，可以把孩子的小伙伴赶走；和老人在一起，亲友多，还得热心接待。和老人在一起麻烦事儿特别多，在老人身边的儿女，确实是不容易的。

　　小儿子本来对父母付出的那么多，可是他却感到欠父母的。

　　在我 80 岁生日宴会上，他喊来儿女、外甥，说："咱们就用最原始的，也是最尊重的跪拜形式，感谢父母、爷爷奶奶、姥姥姥爷偏疼偏爱最多之恩！"

　　我的心震撼了，百感交集，我们紧紧地拥抱在一起，久久地拥抱在一起。

这是你奶奶从心里想说的话，如果你来写，小为，你也许会从另外的视角写。

你和爸爸常年与奶奶爷爷生活在一起，点点滴滴的孝已经融入生活。你看惯了这样的爸爸，其实，不是每个人都能做到这些，我就没能做到。

我人过中年才意识到"色难"，现在，我常常提醒自己：色难。

一丹姑姑

2018 年 2 月

爸妈眼里，
孩子长大了吗？

雯雯：

那天，你说："等我长大了，你们都老了。"我把这句话收藏在微信里了。

你在2018年的春日说这句话时，才3岁多。你是咱家四代中，年纪最小的。等你能看懂这些字的时候，我真的老了。我老了的时候，还有精神头儿吗？还能像你太姥那样和晚辈沟通吗？

父母渐渐老去，而我却没有觉得他们老，那是因为，他们还有精神影响力。他们的精神强大到依然能够凝聚家族，强大到能够影响已经成年的子女。这种超越年龄的精神力量，常常让我感慨。

四个已经成年的子女，还有子女的子女，每当走到人生的关键点上，总会得到父母的嘱咐。

我 50 岁的时候，妈妈给我的信：

为人父母，最大的心愿就是，盼子女有出息，成为对国家有用的人。儿女有出息，是对父母最好的回报。你给我们带来的是久久的高兴、满足、骄傲。

50 岁，正是好时候。30 岁太年轻，70 岁太老，50 岁阅历丰富、经验丰富，今后的路会更顺、更宽、更辉煌。

大弟担任新职务，75 岁的老妈和爸爸一起，给大弟写信：

责任越来越大，要求越来越严，相信你永远是个忠臣、是个清官。

一定要更大度，能容各种人、各种事。要眼睛向下，要当个仁义的官。要面向基层，要有计划地跑遍各市县，常下基层，就等于经常补血充氧，特别是边远地区，要去看看。

70 有个妈，80 有个家。这也是人生幸事，还有人给你提提醒。

2005 年初，老爸老妈看了大弟的年度工作总结，两个老同行又发指示了：

看了你写的一年总结，内容很充实。上级的肯定对你是一个鼓励，至于缺点，虽然没提，那是因为时间短，没碰到什么问题，而不是没有，你要心中有数。你要提高领导能力，增强自觉性，考虑问题，要提出建设性意见。

你在掌握情况、分析问题中，应该多与同志们商量，充分发挥大家的信心和智慧。这一点你应该时时刻刻记住。

大弟给爸爸妈妈的回信中说：

我们小时候，你们关心我们的学习和成长。长大后，你们关心我们的事业和家庭。我们每取得一点儿成功，最感高兴和欣慰的是你们。我们有了些成绩，也愿意首先告诉你们。你们是我们的父母，也是我们的老师、高参和监督者。

大女儿 60 岁面临退休，年过 80 的父母指点：

从明天起，你就要退休了。要自觉应对几个转变：由职业妇女变成家庭主妇；由忙国家大事，到忙家务小事；由时间紧，到时间过剩；由和多人交往，到整天面对家里几个人；由一切听组织的，到自己说了算；等等。

这一系列几十年养成的习惯要改变，可不是一件容易的事，要自觉防止、纠正、克服有时会出现的消沉情绪，如"没有用武之地"、无聊、无奈、痛苦等。

别老想，过去上班多好，现在多没意思，千万不要自寻苦恼，要主动找乐，掌握好自己今后的命运，建造第二个多彩的辉煌。要把家治理得和和美美，当然也不要被小家捆住了手和脚，还是要多参加社会活动。

大女儿把这段话转给同龄的伙伴，同龄的伙伴你传我，我传你，都觉得这是老妈的切身感悟和贴心提醒，是在人生的节点上的贴心提醒，是过来人的经验之谈。

大女儿写道：

不论多大岁数，只要回到娘家，在爸爸妈妈面前，就还是孩子，就可以享受爸爸妈妈的关爱。

多少年来，每次从妈妈家出来，我都知道，在窗口，有两双眼睛在关切地望着我呢。抬起头，爸爸妈妈一定是站在窗口看着我离开，走出去老远，回头看去，爸爸妈妈仍然在窗口看着我。挥手让他们回去，他们却一直等到我拐弯儿了，看不到了，才回到房间里。

在爸爸妈妈目光的注视下，我怀着温暖的心情，一路都会感动着。我知道，不论我多大年纪，他们仍然在关注着他们的女儿。

小弟长期和父母生活在一起，面对面的交流最多，成年以后的书信往来不太多，然而老妈专门写下这样的感受：

小儿子为父母付出的最多，是父母的依靠。他事业有成、家庭幸福，这就是大孝。

当父母偶然知道，他是先进工作者的时候，老爸欢欣提笔，写下了一首小诗：

你孜孜不倦地努力，

不动声色地工作，

我们还不知道，

你是一个先进工作者。

孙辈出生了，长大了，他们成人以后，依然能够感受到爷爷奶奶、姥姥姥爷对他们的精神影响。

在孙辈们上大学、外出工作、结婚、生子这样的人生关键节点上，他们都分别收到了一封长长的信。这信里，可以看到孙辈从小到大得到爷爷奶奶、姥姥姥爷的爱抚，还有精神引导。批评什么？鼓励什么？为什么夸？为什么打？都能看出资深家长的取向。

林林走出家门参加工作，姥姥姥爷给他写信，说：

外孙子已经长大了，我们原来的印象，你还是个孩子，现在看已经大不相同，已经开始向成熟的方向发展了。离开家，开始懂得动脑筋想问题、观察社会了。

这很好，人就是这样，总在爸妈身边是长不大的，只有离开家，才能独立思考，才能长大成人。

20多岁，正是闯荡的时期。"闯荡"这两个字，说起来简单，可是实践起来，却有很多很深的学问。闯荡，表明志向远大。看问题、想问题要远一些，待人处事，要有独立见解。"天生我材必有用"，这一辈子绝不能碌碌无为、虚度年华。

闯荡，也表明要学习，锻炼一身本领。你周围都是雄心勃勃、敢想敢干的青年，可以高声歌唱、大胆创新。你初出茅庐，接受新事物快，而你有一个特长，就是善于同人相处，要发扬这个优点，争取快点儿进步。

闯荡，还表明要准备碰钉子，碰钉子有两种，一种是由于自己的想法不对、不全面，同大家意见不一致。在这种情况下，要迅速改正，不要顽固地坚持己见，人只有在多碰钉子的情况下才能不断进步。

另一种碰钉子则是遇到一些不良习惯、不良现象、不正之风，这是很难避免的。对这些要认真分析，小心谨慎对待。最重要的是，不要被沾染，勿以恶小而为之。什么是吃亏，什么是占便宜，要看得清，不要简单化。

外孙子长大了，在长大的过程中，可能不断地遇到各种各样的问题，希望你遇事要多想、多分析、多独立思考，也要多问。向同志们问，向领导问，向爸爸妈妈问，这样在走向社会之初就打下一个好的基础，发展就会快。我们希望看到你，看到你们这一代新的接班人早日壮大起来。

林林当爸爸的时候，收到姥姥的长信：

你是大家庭里第一个孙辈孩子，全家人都喜欢。

你上中学那年，姥爷想送给你礼物，他去书店买了一套《上下五千年》送给你。让我们意外而又欣喜的是，你说："姥爷，这书我已经看完了。"

我听了太高兴了。不久，姥爷又去买了一套别的书，送给你时，你又说："姥爷，这书我早都看完了。"我俩不但没有失望，心里还特别高兴，更是格外喜欢。这个爱看书的外孙子，平时虽然不爱显露，但时不时你就会说出历史方面、自然科学方面、国际方面的知识。你知识面宽，是亲人们公认的，这和你爱看书、记忆力好有关。

有意思的是，在这长长的信里。除了表达浓浓的爱意，还回忆了一些细节：在他小的时候，为什么挨打？

> 姥姥不只在生活上照顾你，也打过你。姥姥是真爱你，替你往前想了好多年，像对你妈妈小时候一样，什么都想告诉你，比如不自私自利，要关心照顾别人，要尊老爱幼，等等。"人受调教武艺高。"

> 暑假里，你在姥姥家写作业。之前曾经听说你写作业净玩儿，写得特别慢，我特意嘱咐你好好写作业。过了2个小时，我过去一看，你只写了五六个字，这回我真生气了。我想，干什么事儿这么慢，长大怎么办？我狠狠地教训了你一顿，也使劲儿地把你打了。

晴晴结婚之前，姥姥写了一封长信。回忆了一个任性的小丫头，成长为一个少女，又即将成为一个女人的细节。其中，姥姥写了一个晴晴挨打的情景：

> 姥姥打过你一次，你还记得吗？那一年，幼儿园放暑假，你在姥姥家。有一天，我从外面进门，看你手拿着电话怒吼着："不行，你马上就得给我送来，不行！"

> 放下电话，我问："你跟谁说话呢？"

> 你说："跟爷爷，让爷爷来给送游泳衣。"

我严厉地教训你："不能那样和你爷爷说话！"

你还理直气壮地反驳："谁让他说不能马上送了。"

我真的生气了，说："你这孩子，怎么这么没老没少呢？你爷爷，那是你爸爸的爸爸！"

为了让你记住，和长辈说话，不能有那样的态度，我就在你肩膀上使劲儿打了两下！

我手重，一定打疼了，你什么也没说，就瞪眼看着我，也没哭。

我心想，大概还没有人舍得打过你呢。从那以后，我再没见过你犯这个毛病。

而在姥姥心里，欣赏什么呢？姥姥信中说：

你真像个男孩子那么大气，不计较小事。小的时候，你从来不告状，不说别人坏话，也不爱说生活小事，爱说天文、自然、科学方面的事，比如公蚊子咬人，还是母蚊子咬人？

你小时候就爱看书，手不离书，书不离手。记得，那一年大家庭三代人聚会，五六十人聚在一起，热热闹闹，说的、笑的、闹的、唱的。那么多人，我看到只有你一个人，聚精会神、旁若无人地看书。

这个情景，已经过去这么多年了，但在我的脑海里还是那么清晰。我一辈子，喜欢看你姥爷读书的样子，看到你读书的样子，我觉得很美。这时，你已经变成漂亮的青春少女，不张扬，文静沉稳，落落大方。

你还记不记得，你们几个小时候在姥姥家办夏令营、冬令营的事情？我爱管教你们，可是姥爷爱跟你们一起玩儿。到松花江里为你们推橡皮船，在家里给你们发奖状，你们闹得越欢，他越高兴，还会跟你们一起打斗笑闹。常常把我都闹烦了，他却说："这多好啊，孩子们那么开心。"

你们和姥爷是玩儿友，无拘无束，你们想说什么就说，想要什么就要，想玩什么，他就跟你们玩儿。姥爷从不拒绝，总是惯着你们、顺着你们。有这样的姥爷，也是你们都愿意参加夏令营和冬令营的原因。

姥爷曾给每个孙辈的孩子一本相册，把他给你们照的照片，分别装在每个人的相册里，有你们写作业、画画、写信、包饺子、打扫卫生等的照片。姥爷还在相册上写下了留言，这些照片都是将来很好的回忆。

办夏令营时，我教你们做针线，你们三个女孩儿，每人发给一块布，上面我都剪成三角口子、长口子、四方补丁，我教你们缝这样的口子，还剪成扣眼儿，教你们锁扣眼、钉扣子。每次，你们三个都是你做得最好。

让你们当值日生，搞卫生，擦玻璃，包饺子，也是你做得最认真、细心。

小雪走进大学校门的时候，爷爷奶奶表达了殷切的期盼。他们在信中说：

19岁，站在学校的大门口，会看到各种各样的事物，东来的，西往的，有从城市来的，也有从农村来的，家庭有富裕的，也有贫寒拮据的。来到了大学，这是人生大踏步前进的机会，也是人生的又一个十字路口。

四年，很快就会过去的，把一天当成几天、几个月来过，就会觉得时间不够，一心扑到学习上。优胜劣汰，每天都在竞争，这是不变的规律。安静的四年，也是苦斗的四年。

四年过去，回头看看，2004年的今天，曾下过什么样的决心？立过什么样的志愿？

孙辈也要为人父母了，这自然也是奶奶最看重的时刻，那是一定要嘱咐的：

小雪，你就要当妈妈了。你要当一个好妈妈。妈妈是孩子的第一个老师，也是终身的老师和榜样。

你爱什么，孩子就很自然地爱什么，你干事儿，他也就不会闲着，会自觉地找事做。你对什么大事小情都有兴趣，都津津有味，孩子也会跟着，对一切事物都好奇，有劲头，

有朝气。

当妈妈不是一件容易的事，要有责任心，要替孩子想出去几十年，对他们负责几十年。有妈，就有人管，就有人牵挂，就有人分担，就有人分享。奶奶相信你，会成为一个好妈妈的。

孙辈们读小学的时候，在寒假和暑假里聚在一起，都接受了一个任务，写一篇命题作文：《我的爸爸》或者是《我的妈妈》。奶奶给静静的信中，记录了这件事：

记得你三年级的时候，假期里，在哈尔滨办家庭夏令营，我让你们写一篇作文《我的爸爸》。别的孩子都在写，只有你没写。

我问："为什么不写？"你说："我爸爸一点儿优点都没有，净是缺点，没法写。"

当时，我心里一震，我想，那么好的爸爸，怎么在孩子心中，却是一点儿优点也没有？

我真上心了，得想办法让你了解你爸爸。我就说："那你就写写你爸爸的缺点吧！"想来想去，也没想出什么。

我告诉你：你爸爸怎么勤奋好学，怎么敬业，家庭责任心怎么强，怎么会干家务事，怎么爱你、疼你、关心你、照顾你。

因为你年幼，怕说多了，记不住，或听不进，或听不懂，我就分几次跟你说。后来，你真的写成了《我的爸爸》。

待到孙辈中最小的孩子出远门上学，已经进入了微信时代。而奶奶的精神影响依然延续着，用新的方法继续着。她用微信联络着远方的孙儿：

小为：你真长大了，今后就自己管理自己、自己掌握自己的命运了。努力把自己由帅哥变成才子！把电脑由游戏工具变成学习工具。

今年，你就要满18岁了。18岁是成年人了，宪法规定18岁就有选举权和被选举权。过去，18岁成人可以娶妻生子了。

成年人和未成年人的区别就是自己是否能够管理好自己，用不用长辈再操心了。奶奶相信你会把自己管理成为国出力的大男人，绝不做目光短浅的小男人。

看到老妈老爸的这些话，我想，他们到底觉得，孩子们长大了呢，还是觉得，孩了们没长大？他们在鼓励孩子往前走的时候，总是在说：你已经长大。而当他们千叮咛万嘱咐的时候，又分明觉得孩子还没有长大。

儿孙早已成年，父母嘱咐依旧，在爸妈眼里，在爷爷奶奶、姥姥姥爷眼里，我们也许永远都是没长大的孩子。他们还是想把自己的人生经验分享给晚辈，把血脉相连的温情传递给晚辈。他们内心深处也许在说：世界那么大，路程那么险，孩子们啊！你们都好好的！

在四世同堂的大家庭里，最小的雯雯，你看到太姥、太姥爷走路愈加蹒跚，就会伸手去扶；看到他们病了，你会去摸摸他们的手。

而当你自立的时候，当你关心别人的时候，你看到他们的笑容了吗？看到他们竖起的大拇指了吗？他们依然向你传递着精神力量，你感受到了吗？

一丹姨奶

2018 年 3 月

老爸访谈录

晴晴：

　　你还记得吗？ 2011年春天，你曾经作为"信使"，从北京到三亚，帮我给姥爷带去了一封信。这封信既是给姥爷的生日贺信，同时也表达了我想采访姥爷的心愿。

　　之所以想采访姥爷，是因为他年纪大了，越来越不爱讲话。如果我们不问他，他丰富的经历也许就会慢慢地淡忘了，我想，以文字的方式回顾难忘的经历，可以为晚辈留下一份记录。

　　于是，就有了这样一个访谈录。

爸爸：

在您85岁生日时，送去我的祝福。

在这兔年里，我总想起，我记忆深处的一只小兔。我9岁或10岁生日的时候，您送给我一件礼物，那是一个小兔存钱罐，白色的，有淡淡的橙色斑点。

我把一分钱、两分钱的钢镚儿投进去，听到"咚"的一声，我总是很满足，偷着乐。这是爸爸专门给我的。

后来，那小兔摔碎了。在我心里，它一直没有碎，它承载着童年里，您给我的幸福。

还有两个您给我的礼物也很难忘。一个是维吾尔族娃娃，她梳着八条小辫儿，穿着漂亮的裙子和靴子。当时，我常常给她梳小辫儿，那感觉好享受啊。

成年以后，我多次去新疆，到处寻找梳着八个小辫儿的娃娃，但一直没找到那么可爱的。

另一件礼物是一支钢笔，白翎牌的，枣红色，金色的笔帽上有一朵玫瑰。记得当时我问："这支笔多少钱？"爸爸笑答："8块2。"我惊叹："这么贵呀？"爸爸大笑："哈哈，是2块8。"

那支笔非常好用，当知青时，很多信、很多日记都是用那支笔写的。后来不知怎的，那支笔不见了。若是丢了别的东西，我也许慢慢就忘了，可那支笔，让我久久放不下。寻寻觅觅，总觉得它会忽然从哪里出来，但它真的只留在我青春的记忆里了。从那以后，我再也没有那么顺手的笔，再也没有什么固定的长久使用的笔了。

现在，迎来您85岁生日，送您什么生日礼物呢？想来想去，也送您一支笔吧，一是因为老爸手不释卷，常常用笔。

二是因为，这是前不久，"两会"发给人大代表的，似乎能让您分享儿女成长的喜悦。

三是，我有一个请求，您用这支笔，写下您的故事，特别是您年轻时的经历。我，我们，孩子们，都想知道，85年，这一路是怎么走过来的？老爸这经历，真是精神财富啊！

爸爸，为了您便于动笔，我列了一个提纲，也算是采访的问题吧。您如果从生日这天动笔，等到5月您到北京时，我就看到了，期待着。

一丹

2011 年 3 月 31 日

当时，老爸收到了我的提纲，认真逐个地回答了我的问题。在三亚椰风中，他的思绪回到了自己的老家辽宁，回到了少年。

您小时候，您的父亲，曾说过什么对你有影响的话？

在我的记忆里，他不爱说话，不过，他很关心我的学习。在我上中学时，他曾说："你上中学了，要好好念书。"每次，我期末考试，他都问问考试的情况。我那时念书还不错，差不多每次都是前三名。他听了挺高兴，鼓励我继续好好学习。

要说对我影响最大的话，是在开原的时候。那时，他担任专卖局局长。一次吃晚饭，他喝了点儿酒，唉声叹气地说：

"中国人，都不让说是中国人，什么事情必须日本人说了才算，唉！"

说着说着，他就掉下了眼泪，使劲儿用拳头敲打桌子。那时，我才十几岁，也哭了。

他指着我说："你记着，你不是满洲人，是中国人，是亡国奴，这些话不要对外人讲，但一定要记住。"

这一次谈话，深深地印在了我的脑海里。

父亲有时候一个人坐在那里，或者躺在那里看书，半天也不翻页，只是在呆想。这时候，我就想起他说的，关于亡国奴的话，猜想，他一定在想这些事情。

对我们孙辈来说，爷爷的形象太模糊了，我们都没有见过他，他是什么样的人？

爷爷叫敬德峻，是个读书人，师范毕业，在"九一八"前，任营口市市政筹备处科长，那时我五六岁，还不懂事。不久，他就调动工作，到专卖署去了——专卖署主要是办理食盐、火柴等物资的机构。接着，他又调到盖平、通化、开原、齐齐哈尔等地，一直到"八一五光复"。在通化等地是在专卖署任科长，在盖平、开原任专卖局局长，在齐齐哈尔专卖局任庶务科长。

记得小时候，看到过一张父亲与十几个同事合影的照片。

那时，他 30 多岁，穿着大褂，挺拔，精神饱满得很，可能是"九一八"前照的。

他一生谨小慎微，没有十分要好的朋友，也没有得罪过什么人。每天早晨上班，晚上下班回家，天天如此。"八一五光复"后，专卖署的人，除个别回家投奔亲友以外，大部分仍继续上班。

1946 年 4 月，国民党"光复军"撤退，解放军进攻齐齐哈尔。专卖署的人们心中害怕，不明共产党政策，不知如何是好，也跟着大帮（结成一伙的多数人）跑了。结果在齐齐哈尔市郊被解放军堵截包围，集中在东大营听候处理。在那里，他犯了胃溃疡病，病情严重恶化。不几天，就去世了。

小学、中学在哪里读的？那时，您喜欢什么课？不喜欢什么课？

小学是在辽宁营口盖平念的，后来随父亲搬迁到通化，念的中学。那时叫国民高等学校，也就是人们常说的国高。学制四年，两年时就住宿离开了家，每年只是假期回家。

当时的满语课，也就是国文课，老师很好，是个老教师，姓刘，课讲得很风趣、很幽默。除了正式课本外，还从《古文观止》等书中选讲一些课文。这是我喜欢的课。

不爱学的，是日语，当时有一句话说："日本话不用学，再过两年用不着。"这是人们普遍的心理状态。

是谁动员您参加革命的？家人当时态度如何？

我在读国高的时候，住宿是大铺。同学们躺在被窝里，什么都讲，杨靖宇将军的牺牲，就是在这种情况下听到的，说他是英雄，是反满抗日的将军。

我的思想转变，发生在军医学校。1943年2月，我到军医学校报到。当时，有两位同学思想进步、态度友善，经常介绍一些书刊给我们看。

开始时，主要是文艺小说，如鲁迅、郭沫若、茅盾、曹禺等人的作品，后来又看了些俄国屠格涅夫等人的作品，这些东西打下了思想基础。后来，看书的内容也在不断变化，如政治经济学、大众哲学、《共产党宣言》等。

这些书都是互相传阅的，有的是在旧书摊上买的，没有公开渠道。当时，这些书大概有200本，平时同学分散保管、传阅，书都包上封皮儿，写上"内科学""外科学"等名字。

"八一五光复"以后，进步学生保护了学校的医疗器械和衣物、粮食，学校中的日本人被集中送走。

中国人教官董连铭负责日常管理，他秘密联系校外的地下党同志，聘请了孙平化同志来校讲课。孙平化同志的公开身份是银行职员，他讲课的内容是中国近代史，内容很精深，很受欢迎。

后来，我们才知道，他是我党晋察冀边区党委派到哈尔滨市的三人小组成员。"八一五光复"以后，孙平化同志到军医学校，秘密组织发展了"新知识研究会"。这个组织是在读书活动的基础上建立起来的秘密的进步群众组织，成为学生们思想统一的活动中心。

1945年10月，李兆麟将军来校视察，校名改为东北军医大学。

1945年末，我党在哈尔滨成立保安总队，需要一批骨干。于是，我们20多名同学参军，我被分配到政治部保卫科任干事。

这一段历史，家里人都不知道，当时秘密的反满抗日活动，要求"上不传父母，下不传子女"，对外严格保密，直到1946年春才回家。这时，家人才知道我的消息。

您当初报考医学专业是谁的主张？为什么？

1943年我报考大学的时候，曾经报过两个学校：一个是新京工业大学，考试录取了，但学费太贵，没去；另一个是哈尔滨陆军军医学校，也录取了，这个学校是免费的，还发衣服，就去了。其实，当时没有学工、学医的概念。

最初从事公安工作，对您的吸引力是什么？

一开始做公安保卫工作，没有什么吸引力之说，参加革命工作，那就服从组织分配呗。一辈子，就干公安检察政法工作了。刚做这个工作的时候，觉得分配到公安局，是党的信任，颇为自豪，颇为骄傲。直到现在，回想起来，还是有这种感觉。

在公安政法队伍里，您的形象，是不是太儒了？秀才和兵，能合得来吗？您的优势是什么？

是儒将。古往今来，儒将太多了，秀才和兵的关系，一个是出主意，一个是出力气。我的优势是用脑子，能在一大堆乱七八糟的情况中抓住要害，出点子，用干部。大家一起动手，一起使劲儿，秀才和兵配合好，就能获得胜利。

您一直喜欢读书，什么书对您是有终身影响的？

《大众哲学》。这是 1949 年前秘密读书时代的事儿，1944 年秋，一位同学从校外借来一本《大众哲学》。同学们如获至宝，把原书拆开，组织七八个人分头抄写，不过一两

天的时间，就有了我们自己的《大众哲学》。

这本书通俗易懂，针对性强。当时，日本鬼子统治，谁也不愿当亡国奴，可是又想不出个办法来，读了《大众哲学》，就明白了很多道理。懂得了人生观、世界观，就不傻了，干什么都有了劲头。

直到现在，一想起"人为什么活着，应该怎样活着"等一系列问题，仍然念念不忘。

直到现在，《大众哲学》仍然摆在我书架中最突出的位置。我去云南腾冲出差的时候，带着敬意参观了艾思奇故居，并在艾思奇故居给父亲带回了一本《大众哲学》。当我把这本书送给爸爸的时候，他想起了很多年轻时的往事，他很想到腾冲去，去看一看自己敬仰的艾思奇生活过的地方。但那时，腾冲还没有通飞机，陆路遥远，体力不支，爸爸只好放下了去腾冲的愿望。

"文革"中，对黑龙江省呼兰这个地方，有哪些特殊记忆？

我是 1966 年 6 月，从省委政法部调到哈尔滨市公安局任副局长的，当时正赶上"文革"时的"砸烂公检法"。1967 年 1 月，全局人员都到呼兰去办学习班，一直到 1969 年 7 月。

所谓学习班，就是挨批、挨斗、挨审查。在呼兰办学习班时，军队干部来当队长、指导员、班长。我被怀疑历史有问题、家庭有问题，派人去查，调查来调查去，没查出什么问题，可还是不能被相信、不能重用。后来，我就被派到宣传队去了。

在呼兰，什么心思也没有，过年也不放假，不让回家。呼兰在松花江边，这个地方有萧红故居，也没有心思去看。

当时，孩子们有时坐火车来呼兰看我，这是当时我最大的安慰。

您参与公审"四人帮"，有哪些经历？

1980 年 6 月，最高人民检察院通知我去北京，参加对林彪、江青反革命集团审判前的准备工作。

到北京后，黄火青、喻屏、江文同志接见并告知我们，公安机关的预审工作早已经开始，检察机关抽调来的同志，分别编到各个预审组，提前熟悉案情，做好一切准备工作，出庭支持公诉。

我被分配到王洪文预审组，由黑龙江省副省长卫之民同志领导。卫之民是我的老领导，我随时得到他的指点，进展颇为顺利。

审判林彪、江青反革命集团案，共用了半年多时间。先是对每个被告做好预审工作，接着进行公诉的准备。

1980 年 11 月 20 日，最高人民法院特别法庭公审林彪、江青反革命集团正式开庭，历时两个月零七天，共开庭 42 次。这是历史的审判，正义的审判，是全国人民大快人心的胜利。

我在最高人民检察院特别检察厅担任王洪文的公诉人。我提前参加对王洪文的预审，摸清了他的情况。

开始，王洪文上推下卸，不承认有罪，但是我们掌握了他的罪证。最后，他看到大势已去，什么也说不出，承认了罪行，承认了是主犯。他转变了口气，说："给我一个改造做人的机会吧。"

法庭陈述时，他表示向全国人民认罪，说："我有决心转变立场，改造自己，同林彪、江青反革命集团彻底决裂，脱胎换骨，重新做人，我完全服从法庭对我的判决。"

我们参加审判的人员，开始住在秦城监狱里。后来开庭，都搬到国务院第二招待所去了。在北京工作了半年多。

保密规定，凡是案情都不能讲。后来，我也一直遵守着保密规定。

2015 年，纪念抗战胜利 70 周年，我老爸作为抗战老兵，接受了国家颁发的抗战纪念章。我对老爸的访谈在继续，我问他：

"8 月 15 日，日本投降，那天你在做什么？"

他说："刻钢板、印传单、上街宣传、庆祝。"

家人为老爸举行了致敬仪式，白岩松在央视直播中与我连线，小家、大家，一起赞！

老爸虽然不是在枪林弹雨中冲锋陷阵的人，但他用青春投身抗战。"他是个战士！"——这是老妈的评价。

我有点儿遗憾，晴晴，这个访谈要是能继续下去就好了。沿着这个概略的线索，还可以生发出很多访谈话题。饱经沧桑的前辈，还有多少故事没有被记录？一个个故事，像拼图，让我们接近历史。而家人的口述历史，意义也超出了小家。

妈妈

2017 年 12 月

一个女公安的自述

小雪：

　　记得你小的时候，生活在爷爷奶奶身边。有一次，你看到奶奶在桌前写字，惊讶地问："奶奶，您还会写字啊？"这句话，让我很意外，你的奶奶——我的妈妈，岂止会写字？！

　　其实，我小时候也不知道我妈是干什么的。那天，我去公安厅找妈妈拿钥匙，门卫说："你妈妈正在审讯，你不能进去。""审讯"这两个字，唤起我的想象和好奇：妈妈的工作究竟是怎样的？

　　我想，一个母亲，如果能让孩子们看到她工作的样子，就可以让孩子认识更加立体的妈妈。但是由于职业保密的关系，我很少有这样的机会。

　　我说："妈，写写您这个女公安吧，在职业角色上曾经做了些什么？如果孩子们对您的工作情况知之甚少。就不能真正了解您。"于是，女公安拿起笔，写了她的经历。

17 岁走上公安之路

我出生的第二年，发生了"九一八"事变，国败家贫。

1945 年，我虚岁 16 岁。齐齐哈尔市处于兵荒马乱之中，人心惶惶。1945 年 7 月，齐齐哈尔连续遭空袭，人们四处逃难。我妈就要临产，叔叔被抓去当劳工，不知去向，不知死活。我们全家逃难到农村——哈拉坑子屯，老张二叔家。

到那里，第三天，我妈生下我小弟。这天，苏联红军大队人马夜里路经哈拉坑子村，进驻齐齐哈尔，日本全部缴械投降。

一个多月后，我们返回齐齐哈尔市时，路上遇到持枪土匪，进城见到满街苏联红军。

由于有的苏联红军部队军纪不好，为了防止被侵害，我剪短头发，女扮男装去上学、到养鸡户家、住在鸡棚里、住在别人家瓦房的屋顶上。一到黑天，心里特别恐惧。

那时，社会处于无政府状态，刚开始有维持会，后来是国民党"光复军"，再后来是国民党接收大员彭济群。那时，学校还搞"拥护"国民党的宣传。

突然有一天爆炸声不断，有人跪地磕头许愿，不知又发生了什么灾难。第二天才知道，是苏联红军撤退，把日本留下的炸药库炸毁，引起了大爆炸。

之后，国民党"光复军"到处抢马、抢东西，全市乱成一团。夜里枪炮声不断，听说是解放军攻城了。1946年4月26日，共产党解放了齐齐哈尔市，那些国民党"光复军"、国民党官员、日本人，跑的跑，降的降，都被共产党集中看管起来，齐齐哈尔市才有了真正的和平。

齐齐哈尔解放两个月后，我考入了齐齐哈尔市女子中学。这个中学的校长、主任和部分老师都是延安来的老八路，除了文化课以外，几乎每天都有政治课，全校不分年级集中听政治报告，分班讨论。

我们班主任张淑卿是清华大学毕业的，她刚当老师，我是这个班的班长，老师特别信任我，让我放手组织讨论。

通过这些学习，我系统地了解了中国近百年的历史，了解了党史、党的性质、任务。我坚信，只有共产党能够救中国，我真心信仰共产主义、热爱共产党。

我是第一批加入共产主义青年联盟的成员，1947年8月9日，我秘密参加了入党宣誓。这时，我17周岁。

不久，市委举办青年学园，从全市范围的部分教师和学生中选人参加，集体食宿，讲中国前途、国内外形势、共产党的性质任务。

青年学园要结束时，齐齐哈尔市公安局从学员中选拔我们30多人。这时，齐齐哈尔市刚解放只有一年零四个月，公安局成立只有一年零两个月，我们这些学生到公安局集中培训三个月。我就这样参加公安工作了，这就是我47年公安工作经历的开端。

家人的不知和不解

我们家是穷苦人家，但那时，老百姓对共产党还缺少认识。共产党刚刚来到齐齐哈尔市的时候，老百姓并不知道共产党员是怎样的。他们甚至听信了"共产共妻"的传言，所以，当我参加共产党组织的学习培训的时候，家人很不理解。我的父母虽然没有直接阻止我，但是说："你别出去干那些事儿！"还经常给我脸色看。

我一次又一次回家，一次又一次遭遇冷眼。有一次，我说我爹："你怎么那么顽固？"我爹不知道什么叫顽固，就问我二妹，二妹随口解释说："就是死脑瓜骨！"

那时，参加革命，都是秘密状态。不能告诉家人，这是铁的纪律。每个人还要给自己起个化名，我给自己起的名字叫：韩松。

那时，公安局培训我们这些年轻人，是准备一旦国民党进攻，共产党撤离齐市，把我们留下搞地下工作的。

过了一段时间，时局稳定了，共产党员才公开身份。家人也慢慢了解了我的选择。

学习，成就了女公安

最初，从事公安工作，我们曾接受过培训。培训班的业务课程都是由公安一线的相关负责人讲授。从培训之初，我就牢牢记住，公安人员是党的宝剑、人民的卫士，要对敌狠，对人民爱。

当时，侦查科长给我们讲解了国民党特务系统的活动特点和侦查手段。预审科长讲预审工作是侦查工作的继续，研究罪犯心理，使用证据，严禁逼供诱信、打骂犯人、侮辱人格。治安科长讲如何维护好社会秩序、特业管理。户籍科长讲人口管理和重点人口管理。

这之后不久，我调到黑龙江省公安干部学校工作，从接受培训，到培训别人。干校的任务就是轮训全省公安干警。每期3个月，每期200—400人，学员来自各市县公安部门。我们组织听课、讨论、辅导。

公安厅长讲公安工作的重要性、任务和方针政策；政保处讲敌情，侦查工作任务、手段、特情，耳目的建立使用，调查跟踪守候；预审处讲看押、侦讯、狱侦；治安处讲治安管理，预防为主，枪支管理，特业管理；内保处讲纯洁队伍，要害保卫；警卫处讲重要会议、外国专家、首长警卫；劳改局讲劳改的重要性，改造方法，政治犯、刑事犯、男女犯、少年犯区别对待；等等。

每次讲课，我们都和学员一起听课、一起讨论。这5年，每项业务课，我都听过多遍，为我以后搞业务工作打下了良好的基础。

之后那些年，我干过文保、肃反、森保、经保、治安、专案预审、交通管理等工作。无论干哪项工作，我都心不慌、有准备、敢担当、适应快。因为，5年的系统学习给了我专业的准备。

最难忘的现场

1958年底，我在合江地区公安局工作，那时正是全国"大跃进"、夺高产，事故多发的年代，鹤岗、双鸭山煤矿事故不断。

我那时担任合江地区公安局经保科长，每当省里下来做安全检查，我都同行。在4年时间里，我走遍了鹤岗、双鸭山所有矿井的主要巷道和大部分掌子面。

每次下井都像矿工一样，戴上安全帽和矿灯，腰系矿灯电池盒，脚穿到膝的胶皮靴子。下竖井还容易，下斜井像下山，回来像上山一样。每次都是省地市矿公安保卫安全的几个人，仅我一个女的。因为是安全检查，就得哪儿危险到哪儿去。

那时，井下巷道工作面都是用原木支撑，我们走过的巷道，处处可见被压断的原木。有一次，横在巷道顶的一根特别粗的原木压断了，人根本走不过去，我们都是爬着过去的。

有些采煤段根本没有支撑原木，都是人工刨挖、装车，经常发生冒顶事故。我见过各工种的工人，其中最苦、最危险的是矿工，矿工是用命换钱的。

矿井最怕瓦斯爆炸，有一次，鹤岗发生瓦斯爆炸，我和地区煤产局的一位工程师坐在火车头的水箱上，赶到现场。在现场看到，到处是矿工家属，哭的、喊的，抢险队分批下井抢险。

我们公安的任务，是要搞清事故性质，是不是人为破坏。这时，我们要下井。矿领导不同意，他们说瓦斯爆炸事故，对矿井破坏很大，极容易发生二次瓦斯爆炸。但是，我们是公安，必须马上下井，还必须到起爆点去查看是否有人为破坏。

最后，矿领导还是同意我们下井，并调来瓦斯检测员，和有经验的老工人一起下去。老工人一边走，一边用小锤敲打巷道，他们根据敲打声，辨明有无危险。

这次瓦斯爆炸，是瓦斯检测失职、通风不好造成的，死了不少人。

我这次下井和往次不同，做了牺牲的准备。想到我的孩子们还都小，他们需要妈妈，父母需要我，想了很多，但一想到，我是公安，我是党员，就是死在井下也要下。人一豁出去，就什么也不怕了，任务要紧，细心勘查现场，直到升井之后，才一块石头落了地。

还有一次，处理火车大爆炸，让我触目惊心。那是在1959年或1960年初春，勃利县境内发生了一起火车爆炸燃烧事故，死了很多人。我们当天坐铁路巡道车赶赴现场。车上很冷，几个小时才到现场。

到现场一看，旅客列车的最后一节车厢已经和前面列车车厢脱钩。这节车厢，除了铁架子外全烧光了，车上被烧死的人，惨不忍睹。车的前后门成堆的人死在一起。车窗边，站着几个依然是跳车姿势的，头已经被烧成拳头那么小，手已经被烧光了。

三四十具尸体分不清姓名、分不清年龄、分不清性别，更不知住址，这成了公安的一个难题。每个人身上遗留的东西都成了证据，没烧着的一小块儿衣裤，留下来和尸体放在一起。解决这个难题，法医起了重要的作用，他解剖尸体，判断年龄，判断男女。

当时，买了几十具棺材，装起尸体。用席子高高围起，避免路过的列车旅客看见而恐慌。后来发布认尸公告之后，证明法医的判断特别准确。

调查结果，造成这起事故的原因，是旅客携带过氧化钠，事故责任人被逮捕法办了。

铁路部门对这起事故的调查很重视，派去专车，车上有卧铺、餐车、办公室和电话，我就用这个电话几次向省厅、公安部报告事故情况。那时的长途电话很不通畅，往往报告完了，我的嗓子也喊哑了。

我们的办公车就停在事故车的后面，尸体、棺材就放在我们车的旁边。我并不害怕，就是恶心，吃不下东西。

后来，我到黑龙江省公安厅经保处工作。我们的主要任务，是检查、指导各工矿企业安全保卫工作。那时，全省大企业、现代化企业，除军工外，我几乎都去过，特别是大庆，我看到了它从起步到实现现代化的全过程。

出境审批中的悲情故事

20世纪70年代，我在黑龙江省公安厅三处工作，负责中国公民出境审批。那时的规定是一支笔审批，由我一人签字审批，之后，报公安部、外交部备案，我看过全省各地市县出境人员的申请材料。这些材料，内容非常多样，现在，我后悔当时没有记载下来。不少人的申请材料，就是一个故事。

我最难忘的是，一个日本女人申请去日本的材料。她原本是日本农民，全家随"开拓团"来到中国，她丈夫去当兵，她带着孩子在"开拓团"种地。

日本投降以后，有日本兵通知他们，在指定的时间到指定地点集合，然后回日本。他们按照要求，到了集结点，有许多人，多是妇女、老人、孩子，有几名日本军人带队，集体步行，走很远的路，说是去坐火车。路上很艰难，怕遇到中国人，走的是山路，缺吃少喝。没想到，走到一个地方，日本兵用机枪将那么多日本妇女、老人、儿童都打死了。

提交申请的这个女人，是在死人堆里爬出来的，后来被中国人收留，再后来嫁给了中国人，加入中国籍，又生了孩子。中日邦交正常化以后，因为她的日本丈夫还活着，在日本，她申请去日本定居。

这份申请材料我看了几遍，长时间心里都放不下。我弄不清楚，日本兵用机枪杀死那么多日本妇女、老人、儿童，是他们几个人甩包袱的个人行为呢，还是他们上司的指令？我看过不少抗战主题的电影和电视剧。但是还没有看到过日本兵大批枪杀日本妇女、老人、儿童的镜头。这历史的悲剧，让人感慨。

案件中的审讯和电影中的审讯

在长期的公安工作中，我参加过多次审讯工作，其中的一个大案，是对贪污犯王守信的审讯。那是1979年，黑龙江省挖出某燃料公司女经理王守信贪污大案。

王守信被关押在省公安厅看守所，我多次参与审讯王守信。问她受贿多少钱，她说她不知道。问谁给的，她也说不清。

那个时期，严重缺煤，煤炭都是定量供应，定量很低，只够"冻不死、不吃生米"的程度，谁给她送钱，她就给谁多批煤。到她家搜查时，到处是成袋成捆成箱的钱，明处、暗处，她自己家、子女家，都有钱，数额巨大。最后，她被判了死刑。

审讯是我的日常工作，但是，我没有想到的是，我的审讯上了电影的镜头。

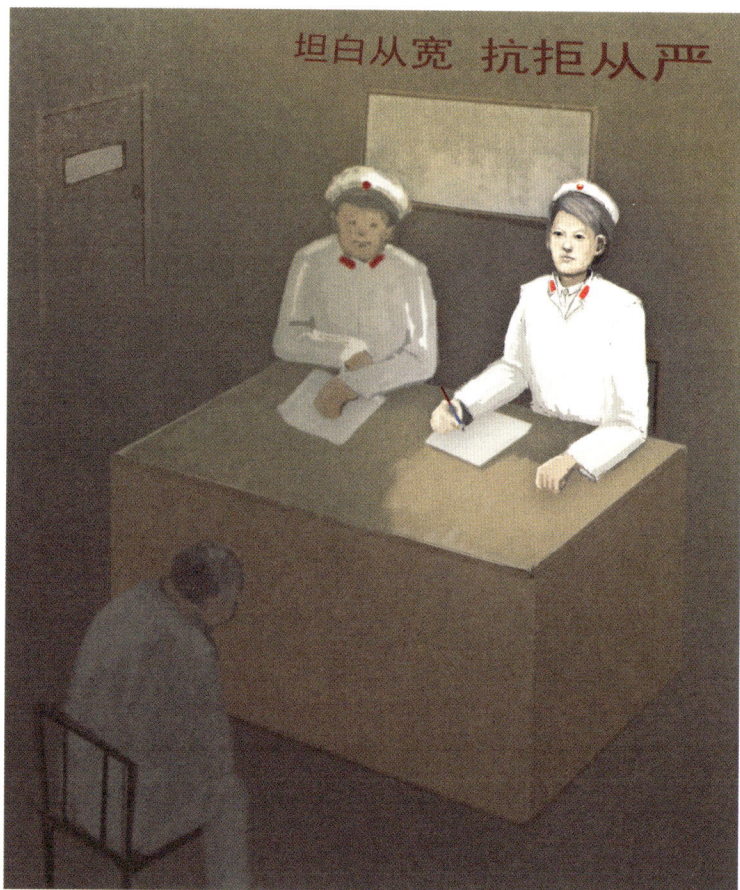

　　那是 1976 年秋，反"苏修"侦查处处长王延武通知我，中央新闻电影制片厂来我省拍摄审讯"苏修"特务的纪录片，需要一个女审讯员。领导决定，让我去审讯。

　　我不想接受这个任务：理由之一是，这个案子是牡丹江公安局办的，由我来审讯，不合适；第二个理由是，我刚从上海检查病情回来，身体和心理负担很重。王延武说："用女审判员是公安部定的。"我就给他推荐了其他几个女同志，他都不同意。

其实，我最担心的，是摆拍，不是真案，所以不想去审讯。他说绝对属实。我只能硬着头皮接受了这个任务。

当时是在公安厅二楼会议室录制，市交警把守公安厅门前四个路口，这里一开拍，就通知交警，在这段时间车辆禁行。

在正常工作状态中审讯的时候，我不会有负担，能够自如胜任，但是拍电影，导演要求我保持严厉态度，灯光一闪，有人拿牌儿说："开始！"我倒紧张起来，说话时嘴都打战了，总算拍完了。

后来，这部电影在全国放映。亲友、熟人看到以后，都很高兴地告诉我，在银幕上看到我了，但是我自己总觉得不那么舒服。镜头下的审讯，和我们日常的审讯，还是有差别的。

出门在外风雨兼程

一个女公安，在工作过程中，经常出门在外。40多年时间里，我在公安系统，省、地、市、分局都干过。公安业务，不少都做过。全省各地市县，差不多都跑过，各种交通工具都坐过，什么样的住处都住过。

比如说交通工具，大小飞机，火车硬卧、软卧、硬座、货运车厢、火车头、机车头水箱上。还有我叫不出名字的，在轨道上行驶的小型工作车，都坐过，还有大汽车、小轿车、拖拉机、货车。

大冬天，旅客全部都在货车车厢里站着，一走几个小时，实在是难熬极了。有时停车，司机喊："方便了！"男的左

边，女的右边。有时赶上了来例假，没法方便，只能忍着，一忍几个小时。

在工作过程中，还坐过马拉爬犁，零下40多（摄氏）度，身穿羊皮大衣，脚穿长筒狍皮靴子，人都冻透了，脚冻得不会走路，人冻得说不出话来，一走七八个小时。夜里行驶在黑龙江的冰面上，常常遇到苏联边防的探照灯，心里非常紧张。

再说住的地方，住过大小宾馆，也住过小旅店，有时住在农民家、知青点。还曾经住在废弃的礼堂里，空旷的大礼堂，在西头，用单人床立起来，当作隔板。我们三个女公安就住在那里，夜深了，提心吊胆。

住县招待所，就是南北大炕，北炕住男的，南炕用板皮一小间一小间隔开，一小间，只能住两个人，这是专门给女的，或夫妻住的。隔着板缝，什么都能看到，什么声都能听到。

我去北安县，住的是单间，中间是火墙隔开，这边一间，那边一间，上床站起来，一跨腿，就能进那间去。我是晚上入住的，早晨一睁眼，见对面墙上挂的镜子里，有个男人正躺在床上，朝我这边看。

有一次，我们去一个县里破案，到案发的村屯看现场。我们四五个人研究完案情以后，已经是深夜，公安局长、派出所长、县刑警队长都是男的，只有我一个人是女的。在安排住处的时候，把我送到村卫生所去住，这个卫生所是个孤房，旁边没有住户，屋里只有我一个人。萧科长把枪给我，让我放在枕头下面。他们走了，我害怕起来，怕涉案的人来找麻烦，又怕枪引来祸事，越想越害怕。

我的枪让我被通报

干了一辈子公安工作，我却很少持枪。只是在培训学习的时候，打过靶。按照规定，我是可以配枪的人员，但是，我的枪支从来都是锁在办公室里。家里有两个儿子，男孩子喜欢枪，我担心，枪随身带回家，反倒会有危险。

有一次，公安厅给我们换枪，五四式，换成六四式。新枪发下来，我随手就锁在了办公室的柜子里。不知过了多长时间，公安厅办公室主任到每一个持枪人员的办公室检查枪支管理状况。来的都是我的同事，他们笑着说："你的枪呢？"我打开锁，拿出了枪，那枪的原包装完好无损，还没有开封。这枪是什么型号的？怎么用？我也没有琢磨过。

后来，这件事儿被公安厅通报。我从来没有因为工作失误被批评过，却因为枪支，受了通报批评。我真的不爱枪。

看到一个女公安讲的故事，小雪，你眼前出现了什么样的画面？

一个十几岁的姑娘，心地单纯，信仰坚定，就这样一路走来。一直到她年老之后，只要看到穿警服的人，她都会感到非常亲切，甚至在异国街头，看到警察，她都会饶有兴致地走上前去，和警察合影。

长期从事公安工作，她形成了一种特殊的气质。我们从她的眼神中、手势中、语气中，都能够感受到职业给她留下的痕迹。她不仅是妈妈、婆婆、奶奶、姥姥、太奶、太姥……她还是一个女公安。

一丹姑姑

2017 年 12 月

妈妈的歌声传下来

林林：

当你还是少年的时候，只要你唱起《护花使者》，一定是全家呼应。你姥姥——我老妈尤其热烈，眼里闪着光彩，挥舞双手为你加油，形成咱家聚会的高潮。她曾这样夸你："你唱的旋律、节奏使人振奋，连年长的人都忘记了自己的年龄。"

你也记得她唱歌的样子吧？她一唱起来，也会让我们忘了她的年龄。

爱唱歌的老妈这样回忆：

小时候，我念书时，早起上学，晚上往家走，路很远，也很荒僻，我一边唱歌，一边给自己壮胆，唱《小白菜》，唱《蔷薇处处开》，唱来唱去，就养成了一上路就唱歌的习惯。

参加工作后，有七八年的时间，大兴唱歌之风，开会之前唱，啦啦队喊谁，谁就得唱，我常常被点名唱歌。

成家了，当妈妈了，哄孩子时唱，做饭、搞卫生、缝补衣服、洗衣服、织衣服时都唱，一边干活一边唱，干活也不觉得累。高兴时唱，犯愁时也唱，人们都说女愁哭，男愁唱，而我愁时，不哭，全唱！

我爱唱，像爹，爹唱"梆子"、唱"大鼓"，唱得可有韵味了。

小时候，我看到妈妈有一本歌本。封面都翻破了，书页都泛黄了，在那个歌本里，我第一次看到《松花江上》《二郎山》《延安颂》《九九艳阳天》《黄河大合唱》……

那时，我没怎么听到我妈大声唱歌，她那时在省公安厅工作，家有四个儿女，出门也忙，进门也忙，也没有多少时间唱歌。那年月，妈妈偶尔能忙里偷闲，翻开歌本唱起来，很难得，很享受。

我听过妈妈唱《马儿啊，你慢些走》，也从妈妈那里，知道了马玉涛。后来我当知青时，攒钱给家里买了一台唱机，陆续买了些唱片，妈妈最爱听的歌是《老房东查铺》，常常听她唱起这首歌。

妈妈放声歌唱，是在离休后，她参加了省公安厅老干部合唱团，合唱团的名字很响亮：金盾合唱团。妈妈每个星期都有两次兴冲冲地去学歌、练歌，唱歌回来，带回家好多歌片儿，也带回了好心情。

我们发现老妈会唱的歌越来越多，我们不会唱的，她却会。

金盾合唱团演出了，那可是妈妈的大事，她把自己收拾得利利索索，穿上儿媳买的鞋、大女儿置办的衣服，神采飞扬地上台了。她们唱《绣红旗》，真是声情并茂。

每次上台唱歌，都让妈妈兴奋好几天，尽管妈妈有不少好看的衣服，但她最喜欢的演出服是警服。我看到金盾合唱团演出的录像，她穿着白色警服，和饱经风霜的老警察们一起高歌，风采不减当年。

每当喜庆的日子，家人聚会时，妈妈就会说："我给你们唱个歌吧。光吃饭的聚会有啥意思啊？"她主张，全家团聚时，说说，唱唱，谈谈。于是，家里有人过生日，妈妈唱；有人结婚，妈妈唱；送往迎来，妈妈唱。如果没有妈妈的歌声，那就不叫聚会了。

有歌，也有舞，歌舞不分家嘛！

我家门前的小广场上，傍晚时分总有人在扭秧歌。妈妈便站在那里看，她想起小时候看秧歌的情景了。妈妈出身贫寒，穷孩子的生活里，正月的秧歌成了最鲜亮的记忆。现在，锣鼓一敲起来，妈妈就坐不住了。

善解人意的姐姐看出了妈妈的心思："妈，你也去呗！"妈妈不动，却又不走。姐姐推妈妈："咱俩都去！"有姐姐陪着，妈妈终于迈开了第一步。

这真是历史性的一步！

从此，妈妈竟上了瘾。每天傍晚，踩着那锣鼓点儿，扭得兴高采烈。这时辰，往往是老爸一人在家上课似的看《新闻联播》，儿女们问起："我妈呢？"老爸便以那么一种语气说："扭秧歌去了！"有些不解和不满的意思。

如果说，秧歌算是大俗，那么交谊舞该算是大雅吧？不久，妈妈又被交谊舞吸引了。

她说干就干，让全家人大吃一惊地参加了交谊舞培训班。我们没有看到她怎么跟人家学的，只是看到她在家里画着步法示意图。老师大概都想不到，老太太学员这么用功。妈妈说，她的用功是一贯的，当年生了三个孩子了，晚上还去学政治经济学呢！

如今，这股劲儿又用到了跳舞上。

后来，老干部舞厅便是妈妈经常去的地方了。爸爸竟也被她拉去了，每周都跳上两次。妈妈精心织了薄薄厚厚、深深浅浅四套毛衣毛裙，姐姐出国给她带了软牛皮鞋，弟妹给买了镶着珠子的外套，爸爸又特意从北京买回了漂亮的丝巾。嗬！老太太的行头真够专业的！妈妈年轻时很漂亮，却很少打扮，现在，该补偿一下了。

那天，妈妈又要去跳舞了。只见她手脚麻利、容光焕发，一边收拾，一边对我说："大半辈子的时间都不是自己的，都给了工作、给了家、给了孩子，现在，时间该是自己的了。"

她说，在舞厅会遇到很多老熟人，曾有一位熟识的老同事对她说："老韩，你也来了？你不是说跳舞是修正主义吗？你来得太晚了！"

"那你说什么？"我问。

妈妈说："我只有笑呗！"

我真想和妈妈一起去，看看她怎么跳舞，看看那个时代造就的妈妈怎样被这个时代影响着。可惜，那天我有工作，没能跟妈妈去。看着她远去的背影，我自豪地对伙伴们说："看我妈，真够精神的吧！"

　　我终于看到妈妈的舞姿是在全家与表姐、表弟、外甥、侄儿大团圆的聚会上。一片笑声里，妈妈和爸爸翩翩起舞。老妈笑着，老伴儿笑着，步法从容，和谐稳重。我也笑着，心里却感动得想哭。

　　换了一首曲子，小弟走向妈妈。记得他上小学第一天，妈妈便去了干校，妈妈常遗憾地说，四个儿女里，只有小儿子上学第一天她没送到学校。如今，小儿子比妈妈高出近一头，他穿着大红毛衣，显出一派活力。他向妈妈伸出双臂，妈妈的笑容里充满了幸福感。母子相拥着，旋转着，像一幅画。

那年春天，老妈老爸在北京玉渊潭看到几百人聚在湖边大合唱。那阵势，那气氛，深深感染了老妈，她也跟着唱起来。我一看，太好了！跟老妈建议："咱们进录音棚，把你的歌录下来！"

进录音棚那天，老妈四处端详："哦，这就是你说的录音棚啊，我以为，就是玉渊潭湖边搭的棚子呢！"

录音师笑了，导演也笑了。录音棚迎来了老太太——80 岁的老太太，能不能在专业的录音棚唱出来？不少年轻歌手初进录音棚都要磨合好久才能录音，不知老太太怎么样。

只见我老妈在录音棚里从容站定，毫不怯场，戴上耳机，对着话筒："来吧！"

你身在那他乡中，有人在牵挂；

你回到那家里边，有人沏热茶；

你躺在那病床上，有人她掉眼泪；

你露出笑容时，有人乐开花。

啊，不管你走多远，

不管你在干啥，

到什么时候，也离不开咱的妈！

我听着妈妈的声音，浑厚中带着一点儿沙哑，那是我从小到大熟悉的声音，而此刻，却让我心里一震。

妈妈意犹未尽，说："我准备了十几首呢！"接着又唱：

> 如今要到了离开家的时候，
>
> 才理解，儿行千里母担忧，
>
> 千里的路啊，我还一步没走，
>
> 就看见泪水，在妈妈眼里流。

导演和录音师不知听过多少歌者的声音，而眼前这个老太太的声音，把他们打动了。不是音色，不是技巧，是一位母亲的真情表达。她似乎不是在唱，而是在对着孩子们说。

老妈唱着的时候，老爸在一旁静静地听。他是第一听众，是知音。

妈妈 85 岁时与孩子们分享着唱歌的感受：

> 年纪大了以后，嗓子哑了，说话都费劲，不能唱了。全家聚会，孩子们都唱歌，我很爱听他们唱，但自己嗓子不行了。这时，我的大女儿特别理解妈妈，总是给我点歌儿，劝我唱。我说唱不了啦，她就说，我跟你一起唱。就这样，我又开始唱了。
>
> 人老了，爱唱歌，是好事。唱歌能助兴、能解愁，振奋精神。人老了，容易情绪低沉，唱起歌，人的情绪就跟着歌

走了。唱歌也是一种气功，对身体好，对吐故纳新都有好处。唱歌锻炼记忆，要记住声调节拍，还要记住歌词。唱歌能增强老年人的自信，唱歌能活跃家庭气氛，我爱唱，也就爱鼓动大家唱。每次聚会，老少三代唱，很欢快，很活跃。如果聚会就是呆呆地坐着，吃吃饭，那有什么意思呢？

在老妈 80 岁生日聚会的时候，小弟说："我记得我学的第一首歌，是从我妈那里学来的，我哥、我姐都会唱，那就是《摇篮曲》。这是我妈妈给我们姐弟四个唱的歌，是我小时候，我妈妈拍着我入睡时唱的。"

49 岁的小弟把这首歌献给 80 岁的老妈。

风啊，你要慢慢地吹，

鸟啊，你要轻轻地叫，

我的小宝宝，快要睡着了，

宝宝的眼睛像爸爸，

宝宝的嘴巴像妈妈，

宝宝的鼻子，又像爸来又像妈，

睡觉吧，睡觉吧，我的小宝宝，

醒来带你去玩耍，

玩耍要到你外婆家。

这歌儿你会唱吗？林林,你当了爸,有没有给儿子、女儿唱过?有歌的老妈,把歌儿传下来,把生活的美好传下来。也许有一天,你女儿玩过家家时，就会唱起《摇篮曲》呢!

一丹姨

2018 年 3 月

手不释卷的老爸

静静：

咱家珍藏着你的小学、中学作文，这些作文先是引来你爷爷的评语，后是引来爷爷的信。

我们作为他的儿女，小时的作文都未曾得到这样的指教。又是评语，又是信，为什么？

爷爷喜欢你的文字，他自己就是喜欢读书、写字的人，他用这样的方式与孙女交流。

我从小到大，看惯了的老爸形象，就是手不释卷。

少年的时候，我曾经历书荒年代。那时，翻开爸爸珍藏的书，《呼兰河传》让我认识了萧红，《联共（布）党史简明教程》《布哈林传》看不懂，读《红旗飘飘》，看到长征过雪山、草地的故事。

我十三四岁的时候，在广播里、报纸上、《毛主席语录》中接触到一些陌生的词，这些词频繁出现，我不懂，身边又没人可问。我被这些生词困扰了好久，终于，我给我爸写了封长信，用了两页纸开出了"问题单"：

> 什么叫世界观？
>
> 什么叫辩证唯物主义？
>
> 上层建筑是什么？
>
> 经济基础是什么？
>
> ……

我爸回信了。他说：

> 你能对这些问题有兴趣，很好。但这些问题不是几句话能说清的，你可以看一本书，一时看不懂也没关系，慢慢看，以后会懂的。这本书作者是艾思奇，书名是《辩证唯物主义和历史唯物主义》，你到家里书架上找。

我果然在书架上层找到了，浅黄色的书皮，厚厚的。哎，怎么是两本？一模一样的两本书，并肩立在书架上，一本写着我爸的名字，一本写着我妈的名字。那是他们年轻时一起读过的。我妈曾说，最喜欢爸爸读书、看报的样子。

从年轻到年老，老爸在家最典型的样子就是看报纸。从我有记忆开始，家里永远有《人民日报》，几十年前的报纸，爸爸还留着。后来搬家，终于把20世纪50年代的报纸处理了。我想爸爸一定是舍不得的，现在想想，也挺后悔，还不如给老爸留着，留着一份念想。老爸离休了，还自费订《人民日报》，他说，几十年了，习惯了。后来，他又经常看《南方周末》。新报纸来了，报摊儿的老板会给这位忠实的读者留一份。

他晚年，读诗，写诗，为了推敲一两个字，他在书桌前一坐就是半天。爸爸不习惯口头表达，而从他的诗中，我们体会着他的情感。

他的老同学在弥留之际已经不能说话，老爸写道：

你想说什么，老同学，老战友？

你想说，年轻时同学、同桌替我打架的事情吗？

你想说，同受日寇压迫，喘不上气的情景吗？

你想说，一起参军的故事吗？

……

金婚的时候，爸爸写道：

金婚50年，是长还是短？是快还是慢？在一起时，总觉得夜短，分开时，却嫌夜长；在一起时，总盼放假，分开时，却又烦放假。时间，有客观的标准，长就是长，短就是短，但也有主观的掺杂着感情的因素，或长或短，又有另外一种感觉。真是——

金婚转瞬间，

红叶树万千，

夕阳无限好，

激情照满天。

父母年迈体弱，曾一起住进医院。老爸写道：

两人世界，别有一番滋味。

对床而卧，闭目养神，

一抬头，看到一双更深情的眼睛，

从牵手开始，唠到一起变老。

离休后的老爸，特别喜欢看孙辈的作文。看了，还加批语，还特意写信鼓励：

文章写得天真活泼，很有生活气息，希望你常写一些散文，不光写事情的过程，还要写出感想来。

看了作文，出乎意料地吃了一惊，一个淘气的小姑娘一下子变得有思想、有感情，懂得想事了。脑子里开始想问题，

满眼都是新事物，随时随地一接触，就有所感，有一定深度。平平常常的事情，写得十分亲切，像灵魂深处飞出来的清新、飘逸的暖流。

爸爸上年纪了，每天拿着放大镜看书。他一生喜欢书，走不动了，也想去书店，还总想拿书当礼物送给别人。

他书架上的书，门类清楚，摆放整齐，很多是年轻时读过的，又经常有新书补充进去。他很珍惜这些书，那是他一辈子的宝贝。他经常站在书架前，像是在"检阅"，又像是在浏览他与书相伴的岁月。

在他86岁的夏天，他对最钟爱的孙子说："这些书将来都是你的。"15岁的孙子，看了看，去玩儿iPad了。

年迈的爸爸依然保持着阅读的习惯，他淡忘了一些事，但文字像是深深地种在了他的脑海里，一点儿也没忘。

妈妈说："你爸爸是我一辈子的字典。"

现在不必写作业式的作文了，也不当班刊校刊的编辑了。静静，你还写文章吗？上班了，忙了，也许顾不上了。

如果写了，再给你爷爷看看，他一定很高兴。

他亲近着阅读、亲近着文字，也亲近着读书、写字的亲人。

一丹姑姑

2018 年 3 月

云颂
——80 岁的情诗

小为：

咱家你这一代，五人，哥、姐都结婚了，有的已经当爸、当妈，而你还年少，正是一派青春模样。

有时，真希望，你们别长那么快！怎么活蹦乱跳的你们，转眼就变成了大人！

未来，在你面前，有多少可能啊？你会爱，也会被爱，看看，咱们的老人家，80 岁，90 岁，还这样表达爱呢！

一个人 80 岁的时候还会写情诗吗？

是的，我老爸在 80 岁的时候，给我老妈写了一首情诗。

这首诗是 2006 年 6 月 21 日写的，题目叫《云颂》。我妈妈的名字叫韩殿云。这首情诗所说的云，既指天上的云，又指家里的云，也就是爸的老伴儿——云。

80 岁的老爸写道：

躺在绿绿的草地上，望着

淡淡的云，薄薄的云

忽而散开，轻如罗纱，忽而飘飘，杳无踪迹，

娇云初晴，清风徐来，

悠闲的梦幻，梦幻的悠闲。

躺在绿绿的草地上，望着

一片片絮状的云，一团团浓厚的云

彼此拥挤着，相互追逐着，

难得形影相随，终日娓娓细语，

热情的灵魂，灵魂的热情。

躺在绿绿的草地上，望着

响雷伴着翻滚的云，狂风挟着飞驰的云

风起云涌，大雨落下，云开雾散，大地复苏

回忆当年初恋的情节，想到多年情感的故事

激情的知音，知音的激情。

躺在绿绿的草地上，望着

火烧的云，灿烂的云

夕阳红艳飘荡天空，挑灯夜话温暖斗室

最浪漫的事儿是一起慢慢变老

和谐的缘分，缘分的和谐。

老爸的浪漫诗情，打动了妈妈。妈妈看了第三段，笑道："看，这是说我呢！"响雷、狂风、翻滚、飞驰——妈妈的暴脾气上来，这样写，还真的很传神。

妈妈开朗、爽快、任性，甚至霸道，爸爸温文尔雅、低调节制，他们欣赏着彼此的不同。一路走来，风风雨雨，不管遇到什么，在内心深处，他们都互为知音。

不知道读了多少遍，妈妈对爸爸深情道白：

你写的《云颂》让我感叹不已，我76岁生日，你写的《云颂》。我79岁生日的时候，它变成了MTV，这是一丹的朋友们制作、演唱、录音的。

这首歌能打动那么多的人，真是很难得的。很多人，一边听，一边流泪。

有人对我说："你老伴儿太有才了，太有激情了，太爱你了，你太幸福了。"这首歌，是你积几十年的才华，融几十年的情感，用心血写出来的，写出了我们相爱、相恋、相伴的真情。我把这真情铭刻在心，相信，我们晚年的夫妻情会更加灿烂。

更让人高兴的是，《云颂》被选入航天员喜爱的一百首歌曲，已经随"神七"遨游太空，这是你我的荣耀，为才情并茂的你喝彩。

面对老爸的诗，我们当儿女的心生感慨：我们也为人夫、为人妇，谁能写得出这样的诗呢？这是度过金婚后的老爸对老妈的爱的表达。

爸爸儒雅文气，喜欢写诗；妈妈性情开朗，喜欢唱歌。在老爸 82 岁生日的时候，妈妈似乎在应和着爸爸的情诗，来了一个情歌，这歌本是一首流行歌曲，妈妈给改了词，把她名字的"云"字和爸爸名字"嵩"里的"山"字都唱到了歌里。老妈给老伴儿唱道：

　　高山峭，美如画，有云雾，仙殿彩霞，

　　经常传来的声声雷响，这座山就换了新装。

　　山托着云，心里在笑，求的是永世这样，地久天长，心贴着心，互诉着衷肠。

　　山说，谢谢你给我雨露，为我遮阳，未来天天我把你托起，天天为你铺床。

　　云说，不要客气，你是我的落脚地，在你身边有那么的久远，我甘愿陪伴着你。

　　就这样度过漫长时光，就这样，他们为爱歌唱，

　　山爱上云啊，爱得疯狂，谁让他真爱了一场。

山爱上云啊，爱得久长，他们潇洒、浪漫、有力量，

山爱上云啊，爱得风光，游遍世界，四面八方，

山爱上云啊，爱得疯狂，相互鼓劲，夕阳也辉煌。

这首歌，妈妈经常唱，成为她最爱唱的情歌。

这样的情歌，这样的情诗，吟唱在晚年。爸爸妈妈年轻的时候，我们并没有很多地听到他们彼此之间的爱意表达，他们年纪大了以后，爱更深了，情更浓了。越到晚年，越依恋、越珍惜了。他们彼此之间的这种表达越来越多了。

在父母每一个生日聚会上，他们都在互赞；在每个节日举杯的时刻，妈妈都在表达情意；每次家有宾客，妈妈都会说点儿什么。慢慢地，家里形成了习惯，妈妈的表达，成为一种仪式。假若妈妈没说话，大家就望着妈妈，等着，期待着。

妈妈时常这样开口："我这个老头儿啊……"进入夸奖模式。爸爸妈妈在聚会上的表达，都用文字留存下来，于是，留下这样特殊的情书。

妈妈在 66 岁的时候，这样夸老伴：

我有一位好丈夫，相伴 45 个春秋，至今不悔，他是师长式的、战友式的、兄长式的、知心式的、小朋友式的，是一生一世的好伴侣。

妈妈70岁的时候，说了六个"共同"：

今后应该怎么个活法？想和老头儿相依相伴，共同持家。相随50载，我们共同营造了这个老巢，共同教育子女。共同的经历，共同的命运，我们的共同语言丰富广泛。我们是战友加伴侣，这是老年人的一大福。

爸爸在老伴儿七十大寿时这样写道：

最近几年，我俩总是形影不离，南方北方，国内国外。途中你照顾我，我照顾你，走得很畅快。今年去澳大利亚，说我年过70，得报批，可是飞机不等人，到了时间还没批下来，只好你们走了。你们去澳大利亚8天的时间，在我心中却成了8个月，天天翻日历，苦盼愁盼，一下盼回来了。

到了老爸77岁的时候，妈妈又写道：

你这77年很不容易，尤其是少年时代、青年时代。14岁远离家，一离就是12年，直到25岁成家。老头儿在25岁时给了我一个家，现在已经过去了54年，我爱这个家。

老爸80大寿全家聚会的时候，老妈致辞，妈妈的表达像颁奖词呢，还是像情书呢？她说：

你是一个坚强的老头儿，80岁不见老、耳聪目明、头脑灵活。

你是一个英明的老头儿，我们在一个系统工作了50多年，了解得多而深。

你处事谨慎，深思熟虑，不任性，善待他人，宽容大度，随和；心胸开阔，笑对人生，喜不狂，难不倒。

你勤奋好学，一生没变，至今还是手不离书报，知识丰富，还是三代人的活字典、好顾问，还经常写文章、诗词，保持着文人的情调。

你经历了旧中国、抗战时期、国民党时期、解放战争时期，还有土地改革、经济建设时期，还经过了各种运动，像"文化大革命"运动。正反面的东西都经历过、比较过，看什么事物，都快、透、准。在儿孙需要的时候能给予指点，就像老医生那样可贵，这都是老人的优势。

你有和你相伴 55 年的老伴儿，从小夫妻，心魂相守，不隔心，不离心。有这样的老伴儿，心情好，有人放在心上，有人牵挂。有人陪，有人疼，有人负责，有人管，有人靠，有人护，有人哄劝，有人唠，有人吵，真是夕阳无限好。

等台湾回归了，我一定陪你去逛宝岛。等到你 126 岁生日时，我带人给你祝寿，我会给你唱一曲《相守百年，白头偕老》。

在老爸 83 岁生日的时候，老妈说：

我和你相伴 58 年，相知之深，无人能比。

你有真才实学，从年轻到年迈，几十年如一日，你每天离不开书报。你这种作风影响着全家几代人，咱家能有求知上进的好家风，主要是你的功劳。

你重亲情、重友情，对同胞心存挂念，对娘家的弟妹尽心照顾，对下一代亲人更是倍加体贴。

你宽容大度、尊重他人、给人自由，你气质好、性格好、习惯好，不嗜张扬、不爱显摆，不以自我为主，不强加于人，不爱管教、斥责、教训别人。

你安安静静、温良恭俭让、平等待人，在你身边，让人有自由感、轻松感。

你口碑好、人缘好，大家都愿意和你在一起，你是我人生最大的奖赏。有人说，人生最大的奖赏是人生的伴侣，我认为，大奖也是分等分级的。我的大奖是最佳的。

2011年，爸爸妈妈迎来钻石婚，这是全家的节日。

在四世同堂的大家庭，老妈老爸依然享有二人世界，妈妈讲话的时候，爸爸的目光一直凝望着她，两人的表达已经合二为一：

这辈子和你做夫妻，我没有做够，下辈子，还和你做夫妻。时间的长短是有感情因素的，在一起时嫌夜短，盼假日，离开时，嫌夜长，怕假日。

夫妻合二为一，经过 60 年的经营、磨合，已经像一奶同胞，像对亲子那样心血交融了。既能珍惜对方的长处，又能容忍对方的短处。你就是我，我就是你，谁也离不开谁了，牢不可破了。

我还记得，小为，在钻石婚的聚会上，亲人们用各种方式表达爱意，你和你爸爸妈妈还有林林表演了三句半，你的最后一句"比翼鸟""寿星佬"最叫好、最精彩，你给你的爷爷奶奶带来了由衷的欢欣。

　　那时，你才11岁。现在，你已经过了18岁。从孩子变成青年，你自己也经历了很多，更能理解"时光""爱"这样的词了吧？

　　　　　　　　　　　　　　　　　　　　　一丹姑姑

　　　　　　　　　　　　　　　　　　　　　2018年1月

当老妈遇到微信

小美乐（我弟的外孙女）：

你出生前两年，这世界就有微信了，于是，家人近了，世界小了。

你每次和我们视频，太姥爷都去摸屏幕上的你，就像他喜欢面对面摸你的脸蛋儿一样。

日常的生活，有许多有趣的事儿，在咱家微信群里一说，那趣，那乐，就放大了，引来了更多的乐儿，老老少少就会觉得家里的日子有滋有味的。

2012 年 12 月 6 日，对 82 岁的老妈来说，挺重要。她这样写道：

> 我有了一部智能手机，加入了"我爱我家"微信群，这是大儿子给全家带来的一个新玩意儿。

2011 年，微信刚"来"时，我们姐弟尝试着各种玩法，得到什么有趣的信息，就告诉妈妈。有好看的图，特别是家里孩子们的好玩照片，就拿给妈妈看看。妈妈看了，觉得新鲜，很感兴趣，有时还主动问我们，谁谁谁，有什么新消息没有？

有一天，妈妈说："我也要一个你们那样的手机！"

哎，真意外！以前，她曾有个手机，几乎不用，现在怎么又想要手机了？噢，我们明白了，她要的是能用微信的手机——智能手机。

好，好好！

妈妈一拿到能用微信的手机，立刻显示出超强的学习欲望和学习能力，稍加点拨，她老人家居然就会了！

她先试着和儿女们在家里的群里说话，再试着一对一交流，再试着发照片、发小视频，再试着转发各种段子。微信让妈妈兴奋起来，兴奋而好学的妈妈让孩子们有些吃惊。

不久，妈妈就变成"微信控"了。

早上，妈妈醒来，先发一个简明的天气预报，再转发新闻集锦，新的一天就这样开启了。

从妈妈上微信的时间，大致可以判断她的起居。今天有啥大事、饭桌上有什么新鲜菜、家里来了什么客人、今天有谁过生日、周围有什么变化，我们立刻从家人的"我爱我家"群里知道了。

当然，老太太也很善于利用微信对儿孙们发号施令。温馨提醒啊，谆谆教诲啊，那是少不了的。

新玩意儿让老妈很兴奋，她写道：

> 咱们这个家是四世同堂，居住在东南西北，没有"群"之前，只能靠单独联系，也不会天天都联系。有了微信群，真是一呼百应。

> 只要我们老两口有什么表达，马上就会有人回应；一个人有高兴的事儿，全家人都分享；一个人过生日，全家人都祝福；一个人出门，全家人都道平安；哈尔滨下雪啦，武汉下雨啦，北京刮风啦，三亚天热啦，大家都知道。

> 这个微信群，增加了很多生活的乐趣，还减少了亲人们对年迈老人的牵挂。

是武喜欢这个群呢，还是更习惯文字记录？她老人家居然把2012年12月6日到2013年1月6日这一个月时间里，全家人微信交流的实况用文字记录了下来。

妈妈做这件事的时候，我还有些不解，记这个干什么？可是过了一些年，当微信的海量信息早已淹没了最初的记忆时，重读这一个月的微信群文字记录，我才感觉到这白纸黑字的记录是多么靠谱，更读懂了老妈对亲情交流多么珍惜。

看，这用文字记录的微信片断：

老妈：孩子们说，我是时尚的老太太，赶得上时代潮流的老太太。

儿媳：从早上 9 点，到傍晚 5:50，老妈发了 38 条微信，创"我爱我家"微信之最。

女儿：老妈是最年长微信使用者、最活跃者、最认真者。

老妈：过元旦了，怎样迎接 2013 年？"接二连三"，辞旧迎新，咱们在微信上开联欢会，各家做好准备！我先唱一个：

"想儿的时候，

更想为儿做点儿事，

哪怕你们老大不小路会走。"

大儿子和儿媳唱：大公鸡喔喔啼。

小儿子：在哈尔滨来了个东北版 style。

大女儿唱：老牛、小羊、小花猪叫起来。

二女儿唱：小燕子，穿花衣，年年春天来这里……

老妈：我坐在床上，拿着手机，就能够听到孩子们在各地说的、唱的，还有搞笑视频，这也太享受了！

平常日子，我家微信群也是有声有色，笑声不断。

我侄女小雪在一个早晨遇到大雪，微信朋友圈里的她说，遭遇是"酱婶儿滴"（网络用语，即：这样子的）：

终于要开学了，早早起来收拾俩孩子的书包，雪裤、帽子、手套、水瓶、运动鞋……还特意写个纸条怕落下某一样。带家乐、美乐俩娃出门之后，漫天飞雪，开了近一个小时终于到学校了，结果发现……书包忘带了。（抓狂）（抓狂）

美乐说："妈妈，你怎么又忘了？"家乐说："你应该换个大脑了。"（流汗）我还得再来回折腾两三个小时，（惊恐）无语了，好想哭。（抓狂）

最先呼应的是小雪的老公：

媳妇儿，我也是无语了。（捂脸）别着急，慢点儿开。

接着说话的是我——小雪她老姑，我的语言方式有如《焦点访谈》：

以后让俩孩子自己拿书包，分担你的压力，也培养他们自立。

小雪她大姑说话了：

哎呀！我可真服了，真是我亲侄女！我上班时到了办公室，找不到手机了，赶紧下楼（19楼啊）到停车场车上找。到了车前发现没拿车钥匙，赶回19楼取了车钥匙。下楼打开车，没找到手机，回办公室发现手机就在抽屉里，才想起来进办公室第一个动作是把手机放抽屉里，第二个动作是发现包里手机没了，第三个动作是下楼找手机！咱俩是不是一样一样滴（的）？（龇牙）

小雪的表嫂也晒出自己的事迹：

我昨天拿着笔记本电脑去接大阳阳，接完快到家了，学校老师来电话说我的笔记本落学校大厅了。赶紧转身回去取电脑。到了门口，校长的老公已经在路边等着我了，见到我很热情地把"他女儿的粉书包"递给我说："拿好电脑，慢点儿开车。"我说："这不是我的啊。"他恍然大悟，很尴尬地笑着说："我马上回去换。"这时，他女儿已经拿着我的电脑追出来叫他爸了。（捂脸）

终于，群主——我老妈，也就是小雪的奶奶饶有兴致地看完了孩子们的精彩表现，笑着发话了：

这家伙把我乐得！笑得！太有趣了！超小品，超相声，编都编不出来！养女随姑，姑随谁呢？反正不随我！我大孙

女真不错，还没把俩孩忘家，只把书包送学校去！姑侄一出戏！（微笑）

一片笑声，又一片笑声……

妈妈是分享型的人，在自家微信群里享受到交流的快乐，她

也想让大家都享受到。于是，她把七大姑八大姨都联络起来，又把舅家、姨家的小勤、小梅、小军、小红、小囡、小勇呼唤来，还把三代的 80 后、90 后也叫来，建了一个巨大的亲情群，我妈成了群主。

这还不够，她说："这是我娘家这边的亲人，还有你爸的亲人呢，也得联络呀！"其实，我老爸不用微信，他常听我老妈传达微信内容。这回，老妈热心张罗，把婆家的家人也联络起来，天南海北很难见面的亲属都在群里见面了。二代、三代，不太熟悉的，也在这里熟悉了，熟悉的程度是前所未有的。

微信来了，老妈乐此不疲，她还在老干部群、小朋友群等十几个群里活跃着。她的朋友圈有三百多人，都是比她年轻的人，老妈很喜欢她的空间里吹进新鲜的清风。

2013 年春节，我给老妈写了颁奖词：

那一天，注定与众不同，她，认识了世界的新发明：微信。从此，她狂热地爱上它。从早到晚，她把它握在手心，放在枕边，每天在微信上说三五十次话，那是常态，语音、文字、照片、视频玩得得心应手。

从嘘寒问暖到陈年往事，从老歌新唱到流行段子，她都兴致盎然。如同种花、种菜，她在家族微信群这个园地耕耘，撒下的种子上写着：惦念、牵挂、感恩、欣赏、孝道……她说：这个群大家得勤来，不然就荒了。

她在微信里召唤弟弟、妹妹，联络侄儿、外甥，亲近儿女晚辈，乐此不疲。这位看似痴迷的"微信控"，真正在意的是分享，真正珍惜的是亲情。于是，神奇的微信连起东西南北的亲人，晚辈重新认识了什么叫血缘。于是，蛇年春晚有了前所未有的凝聚。

她就是家族亲情凝聚者，我家微信达人：韩殿云。

我们慢慢习惯了妈妈与微信为伴，这已经成了她的生活方式。然而，习惯的目光又迎来惊喜，2016 年初，大红荣誉证书送到我家：妈妈被评为全国公安机关离退休干部网络宣传工作优秀网宣员。妈妈对新事物的热情、对正能量的传播、对周围的积极影响，赢得了肯定。我家的群里，一个又一个大拇指：赞！

如今，88 岁的妈妈有了更大的交流空间，她从年轻到年老一直是有精神交流需求的，愿意与人分享她的体验和感悟。过去是写信，现在是微信，真是：离不开信的妈妈！

小美乐啊，等你长大了，看到这儿，也会乐吧？看看，这就是四世同堂的乐儿，这就是 88 岁太姥姥享受到的乐儿。

也许，你长大了，还会有更新鲜的玩意儿出来，微信会不会像 BP 机一样淡出人们的生活呢？

载体变化着，心的沟通延续着。

那时，你来引着我们走向更大的天地吧！

一丹姑奶

2018 年 3 月